Eine Art zu lesen
Eine Art zu fliegen

GOYA

Das Buch

Wolfgang Borchert spricht aus, was viele denken und fühlen. Mit seiner klaren, schnörkellosen Sprache schuf er herausragende Texte, die einer ganzen Generation aus dem Herzen sprachen und seine Leserschaft bis heute berühren. Siegfried Lenz sagte über ihn, er sei »der erste deutsche Schriftsteller« gewesen, »der nach der Katastrophe des Kriegs seine Stimme gefunden« habe. Wie kaum ein anderer trug Borchert dazu bei, die deutsche Bevölkerung nach zwölf Jahren Propagandageschrei wieder mit ihrer Sprache zu versöhnen.

Diese Sammlung vereint Gedichte, Erzählungen sowie ein Manifest gegen den Krieg und zeigt, wie neben all der Tragik ein Lebenshunger in Borcherts Schriften aufblitzt, der nicht zu stillen ist.

Mit kraftvollen Illustrationen von Rainer Grimm und einem Nachwort der Journalistin und Borchertforscherin Ada-Verena Gass.

Der Autor

Wolfgang Borchert, geboren 1921 in Hamburg, gehört zu den wichtigsten Schriftstellern in deutscher Sprache. Trotz seiner kurzen Lebenszeit kann er ein beachtliches Œuvre vorweisen. Er begann Ende der Dreißigerjahre zunächst eine Schauspielausbildung. Kurz nach Antritt seines ersten Theaterengagements wurde er 1941 in den Krieg eingezogen und kam im Jahr darauf mit einer Schussverletzung ins Lazarett. Seine Kritik am NS-Regime brachte ihm eine Anklage auf Selbstverstümmelung und später auch Inhaftierungen ein.

Schwerkrank kehrte er aus dem Krieg zurück und widmete sich fortan dem Schreiben. Im kurzen Zeitraum bis September 1947 verfasste er über fünfzig Erzählungen und das Drama *Draußen vor der Tür*. Borchert starb im November 1947 während eines Kuraufenthalts.

Wolfgang Borchert

Und wer fängt uns auf?

Erzählungen, Gedichte und ein Manifest

Illustriert von Rainer Grimm

Herausgegeben von
Ulrich Maske und Carla Swiderski

Mit einem Begleitwort von Ada-Verena Gass

GOYA

Mit herzlichem Dank für die Mitarbeit
an Celia John und Simon Bethge

Das zugehörige Hörbuch ist unter dem Titel *Dann gibt es nur eins!*
bei GOYALiT erschienen.

Aus Verantwortung für die Umwelt hat sich der GOYA Verlag dazu entschieden, keine Plastikfolie zum Einschweißen der Bücher zu verwenden.

MIX
Papier | Fördert
gute Waldnutzung
FSC® C002795
FSC
www.fsc.org

1. Auflage 2023

Umschlaggestaltung: Fabia Schubert, Marcelo Marques
Umschlagabbildung: Rainer Grimm
Gesetzt aus der Quadraat
Druck und Bindearbeiten: Livonia Print, Riga, Lettland
Printed in Latvia
ISBN 978-3-8337-4580-5

www.goyaverlag.de

Inhalt

Vorwort

Ich hatte das Glück, Wolfgang Borchert schon während meiner Schulzeit zu begegnen, jedenfalls seinen Texten. Glück? Ja, es war für mich ein Glück. Er hat mich zum Weinen gebracht. Aber er hat mir auch Mut gemacht. Und unter den Schriftstellerinnen und Schriftstellern, die ich damals kennenlernen durfte und die mich nachhaltig geprägt haben – Heinrich Böll, Ingeborg Bachmann, Günter Grass, Else Lasker-Schüler, Günter Eich, Siegfried Lenz, Alfred Andersch, Hilde Domin, Erich Maria Remarque, auch Bertolt Brecht und Ernest Hemingway –, hatte er für mich eine besondere Bedeutung. Er schien mir näher zu sein, ich spürte ihn, beinahe als stünde er mir gegenüber, als spräche er mit mir. Vielleicht lag es auch daran, dass er mir vom Alter her, in dem er geschrieben hatte, besonders nah war. Seine Sprache war direkt, setzte im Grunde keine Vorkenntnisse voraus, hatte eine Unabdingbarkeit. Und dabei war sie künstlerisch differenziert. Die klare Absage an den Krieg, dann wieder das Spielerische, das Todernste, dann wieder sein Humor.

Borchert inspirierte viele deutsche Schriftsteller. Siegfried Lenz sagte, seine eigenen Kurzgeschichten seien ohne Wolfgang Borchert nicht denkbar gewesen. Zudem sei Borchert der erste gewesen, der nach dem zweiten Weltkrieg die Sprache wiederfand. Von Borcherts *Draußen vor der*

Tür – Erstsendung des NWDR (heute NDR) am 13. Februar 1947 – war er besonders beeindruckt, ja sogar »erschlagen«. Das konnte und kann ich bis heute nachvollziehen.

Ich fühlte mich durch Borchert ermutigt, selbst Gedichte zu schreiben, und eins meiner ersten – zum Thema Krieg und Frieden – wurde dann auch in einer Tageszeitung veröffentlicht, was mich motiviert hat, weiterzuschreiben. Seine Texte haben mich bestärkt, eine eigene Meinung zu vertreten. Den Kriegsdienst zu verweigern und andere dafür zu gewinnen, dies ebenfalls zu tun. Nicht immer geltenden Normen folgen zu müssen. Musik zu spielen außerhalb des Mainstreams im Avantgarde Jazz, zum Teil in Verbindung mit Lyrik. Hier lernte ich auch Rainer Grimm kennen, der zugleich Bild-Künstler und Musiker war und ist. Er war damals die treibende Kraft am Schlagzeug unserer Band Jazzworkers, ich stand für die elektrisierenden Gitarrenklänge.

Durch Borcherts Texte bekam ich erste Impulse, mich mit der Musik der Sprache und der Sprache der Musik zu beschäftigen und meine Erkenntnisse und Überlegungen in die Praxis umzusetzen. Vorbild war und ist er für mich auch, bei allem Ernst und Schrecken den Humor nicht zu verlieren, der Satire, dem Kabarettistischen Raum zu geben, die Stimme zu erheben. Im vorliegenden Band erschließen Rainer Grimm und ich einen neuen Raum unseres künstlerischen Austauschs, hier zwischen Wort und Bild.

Heinrich Böll fasste Borcherts Arbeit so zusammen: »Zwei Jahre blieben ihm zum Schreiben, und er schrieb in diesen beiden Jahren, wie jemand im Wettlauf mit dem Tode schreibt.«

Hat er diesen Wettlauf gewonnen? Ich glaube, das kommt ganz auf uns und unsere Beschäftigung mit ihm an. Ich freue mich, wenn wir Borchert gemeinsam immer wieder neu entdecken, ihn lesen oder auch hören. Wird dieses Buch getragen von seinem besonderen Zugang über Text und Bild, so hat Katharina Thalbach die hier versammelten Texte meisterhaft und berührend für das Hörbuch bei GOYA LiT interpretiert. Ihr Kommentar zu den Aufnahmen: »Ich habe Wolfgang Borcherts Texte mit viel Begeisterung interpretiert. Sie sind von einer sprachlichen Qualität, wie sie heute nur noch selten zu finden ist. *Dann gibt es nur eins!* ist eine wunderbare und wichtige Produktion!« Wichtig ist für mich auch die herausragende NWDR-Original-Hörspielfassung von *Draußen vor der Tür*, ebenfalls bei GOYA LiT erschienen.

Ich wünsche allen Leserinnen und Lesern gute Begegnungen mit Wolfgang Borchert und dass sie durch die Wirkung der Bilder Rainer Grimms zu eigenen Reflektionen angeregt werden, vielleicht sogar dazu, auch manchmal »Nein!« zu sagen.

Mein besonderer Dank für die kreative Zusammenarbeit bei diesem Herzensprojekt gilt Carla Swiderski, Gabi Swiderski, Rainer Grimm, Ada-Verena Gass und dem gesamten GOYA-Verlagsteam.

Ulrich Maske

Versuch es

Stell dich mitten in den Regen,
glaub an seinen Tropfensegen
spinn dich in das Rauschen ein
und versuche gut zu sein!

Stell dich mitten in den Wind,
glaub an ihn und sei ein Kind –
laß den Sturm in dich hinein
und versuche gut zu sein!

Stell dich mitten in das Feuer,
liebe dieses Ungeheuer
in des Herzens rotem Wein –
und versuche gut zu sein!

Der Mond lügt

Moabit

Der Mond malt ein groteskes Muster an die Mauer.
Grotesk? Ein helles Viereck, kaum gebogen,
von einer Anzahl dunkelgrauer
und schmaler Linien durchzogen.
Ein Fischernetz? Ein Spinngewebe?
Doch ach, die Wimper zittert,
wenn ich den Blick zum Fenster hebe:
Es ist vergittert!

Die Tür ging hinter mir zu. Das hat man wohl öfter, daß eine Tür hinter einem zugemacht wird – auch daß sie abgeschlossen wird, kann man sich vorstellen. Haustüren zum Beispiel werden abgeschlossen, und man ist dann entweder drinnen oder draußen. Auch Haustüren haben etwas so Endgültiges, Abschließendes, Ausliefderndes. Und nun ist die Tür hinter mir zugeschoben, ja, geschoben, denn es ist eine unwahrscheinlich dicke Tür, die man nicht zuschlagen kann. Eine häßliche Tür mit der Nummer 432. Das ist das Besondere an dieser Tür, daß sie eine Nummer hat und mit Eisenblech beschlagen ist – das macht sie so stolz und unnahbar; denn sie läßt sich auf nichts ein, und die inbrünstigen Gebete rühren sie nicht.

Und nun hat man mich mit dem Wesen allein gelassen, nein, nicht nur allein gelassen, zusammen eingesperrt hat man mich mit diesem Wesen, vor dem ich am meisten Angst habe: Vor mir selbst.

Weißt du, wie das ist, wenn du dir selbst überlassen wirst, wenn du mit dir allein gelassen bist, dir selbst ausgeliefert bist? Ich kann nicht sagen, daß es unbedingt furchtbar ist, aber es ist eines der tollsten Abenteuer, die wir auf dieser Welt haben können: Sich selbst zu begegnen. So begegnen wie hier in der Zelle 432: nackt, hilflos, konzentriert auf nichts als auf sich selbst, ohne Attribut

432

und Ablenkung und ohne die Möglichkeit einer Tat. Und das ist das Entwürdigendste: Ganz ohne die Möglichkeit zu einer Tat zu sein. Keine Flasche zum Trinken oder zum Zerschmettern zu haben, kein Handtuch zum Aufhängen, kein Messer zum Ausbrechen oder zum Aderndurchschneiden, keine Feder zum Schreiben – nichts zu haben als sich selbst.

Das ist verdammt wenig in einem leeren Raum mit vier nackten Wänden. Das ist weniger als die Spinne hat, die sich ein Gerüst aus dem Hintern drängt und ihr Leben daran riskieren kann, zwischen Absturz und Auffangen wagen kann. Welcher Faden fängt uns auf, wenn wir abstürzen?

Unsere eigene Kraft? Fängt ein Gott uns auf? Gott, was ist das? Ist das die Kraft, die einen Baum wachsen und einen Vogel fliegen läßt – ist Gott das Leben? Dann fängt er uns wohl manchmal auf – wenn wir wollen.

Als die Sonne ihre Finger von dem Fenstergitter nahm und die Nacht aus den Ecken kroch, trat etwas aus dem Dunkel auf mich zu – und ich dachte, es wäre Gott. Hatte jemand die Tür geöffnet – war ich nicht mehr allein? Ich fühlte, es ist etwas da, und das atmet und wächst. Die Zelle wurde zu eng – ich fühlte, daß die Mauern weichen mußten vor diesem, das da war und das ich Gott nannte.

Du, Nummer 432, Menschlein – laß dich nicht besoffen machen von der Nacht! Deine Angst ist mit dir in der Zelle, sonst nichts. Die Angst und die Nacht. Aber die Angst ist ein Ungeheuer, und die Nacht kann furchtbar werden wie ein Gespenst, wenn wir mit ihr allein sind.

Da trudelte der Mond über die Dächer und leuchtete die Wände ab. Affe, du! Die Wände sind so eng wie je, und deine Zelle ist leer wie eine Apfelsinenschale. Gott, den sie den Guten nennen, ist nicht da. Und was da war, das was sprach, war in dir – du warst es! Denn du bist auch Gott, alle, auch die Spinne und Makrele sind Gott. Gott ist das Leben – das ist alles. Das ist so viel, daß er nicht mehr sein kann. Denn sonst ist nichts. Aber dieses Nichts überwältigt uns oft.

Die Zellentür war so zu wie eine Nuß – als ob sie nie offen war, und von der man wußte, daß sie allein nicht aufging – daß sie aufgebrochen werden mußte. So zu war die Tür. Und ich stürzte, mit mir allein gelassen, ins Bodenlose. Aber da schrie mich die Spinne an wie ein Feldwebel: Schwächling! Der Wind hatte ihre Netze zerrissen, und sie rülpste mit Ameiseneifer ein neues und fing mich, den Hundertdreiundzwanzigpfündigen, in ihren hauchfeinen Seilen. (Ich bedankte mich bei ihr, aber davon nahm sie überhaupt keine Notiz.)

So gewöhnte ich mich langsam an mich. Man mutet sich so leichtfertig andern Menschen zu, und dabei kann man sich kaum selbst ertragen. Ich fand mich allmählich ganz unterhaltsam und vergnüglich – ich machte Tag und Nacht die merkwürdigsten Entdeckungen an mir und fühlte mich als eine rechte Wundertüte.

Aber ich verlor in der langen Zeit den Zusammenhang mit allem, mit dem Leben, mit der tätigen Welt. Die Tage tropften schnell und regelmäßig von mir ab. Ich fühlte, wie ich langsam leerlief von der wirklichen Welt und voll wurde von mir selbst. Ich fühlte, daß ich immer weiter wegging von dieser Welt, die ich eben erst betreten hatte.

Die Wände waren so kalt und tot, daß ich krank wurde vor Verzweiflung und Hoffnungslosigkeit. Man schreit wohl ein paar Tage seine Not raus – aber wenn nichts antwortet, ermüdet man bald. Man schlägt wohl ein paar Stunden an Wand und Tür – aber wenn sie sich nicht auftun, sind die Fäuste bald wund, und der kleine Schmerz ist dann die einzige Lust in dieser Öde.

Es gibt doch wohl nichts Endgültiges auf dieser Welt. Denn die eingebildete Tür hatte sich aufgetan und viele andere dazu, und jede schubste einen scheuen, schlechtrasierten Mann hinaus in eine lange Reihe und in einen Hof mit grünem Gras in der Mitte und grauen Mauern ringsum.

Da explodierte ein Bellen um uns und auf uns zu – ein heiseres Bellen von blauen Hunden mit Lederriemen um den Bauch. Die hielten uns in Bewegung und waren selbst dauernd in Bewegung und bellten uns voll Angst. Aber wenn man genug Angst in sich hatte und ruhiger wurde, erkannte man, daß es Menschen waren in blauen, blassen Uniformen.

Man lief im Kreise. Und wenn das Auge das erste

erschütternde Wiedersehen mit dem Himmel überwunden und sich wieder an die Sonne gewöhnt hatte, konnte man blinzelnd erkennen, daß viele so zusammenhanglos trotteten und tief atmeten wie man selbst – siebzig, achtzig Mann vielleicht.

Und immer im Kreis – im Rhythmus ihrer Holzpantoffeln, unbeholfen eingeschüchtert und doch für eine halbe Stunde froher als sonst. Wenn die blauen Uniformen mit dem Bellen im Gesicht nicht gewesen wären, hätte man bis in die Ewigkeit so trotten können – ohne Vergangenheit, ohne Zukunft: Ganz genießende Gegenwart: Atmen, Sehen, Gehen!

So war es zuerst. Fast ein Fest, ein kleines Glück. Aber auf die Dauer – wenn man monatelang kampflos genießt – beginnt man abzuschweifen. Das kleine Glück genügt nicht mehr – man hat es satt, und die trüben Tropfen dieser Welt, der wir ausgeliefert sind, fallen in unser Glas. Und dann kommt der Tag, wo der Rundgang im Kreis eine Qual wird, wo man sich unter dem hohen Himmel verhöhnt fühlt und wo man Vordermann und Hintermann nicht mehr als Brüder und Mitleidende empfindet, sondern als wandelnde Leichen, die nur dazu da sind, uns anzuekeln – und zwischen die man eingelattet ist als Latte ohne eignes Gesicht in einem endlosen Lattenzaun, ach, und sie verursachen einem eher Übelkeit als sonstwas. Das kommt dann, wenn man monatelang kreist zwischen den grauen Mauern und von den blassen, blauen Uniformen mürbe gebellt ist.

Der Mann, der vor mir ging, war schon lange tot. Oder er war aus einem Panoptikum entsprungen, von einem komischen Dämon getrieben, zu tun, als sei er ein normaler Mensch – und dabei war er bestimmt längst tot. Ja. Nämlich seine Glatze, die von einem zerfransten Kranz schmutzig-grauer Haarbüschel umwildert ist, hat nicht diesen fettigen Glanz von lebendigen Glatzen, in denen sich Sonne und Regen noch trübe spiegeln können – nein, diese Glatze ist glanzlos, duff und matt wie aus Stoff. Wenn sich dieses Ganze da vor mir, das ich gar nicht Mensch nennen mag, dieser nachgemachte Mensch, nicht bewegen würde, könnte man diese Glatze für eine leblose Perücke halten. Und nicht mal die Perücke eines Gelehrten oder großen Säufers – nein, höchstens die eines Papierkrämers oder Zirkusclowns. Aber zäh ist sie, diese Perücke – sie kann schon aus Bosheit allein nicht abtreten, weil sie ahnt, daß ich, ihr Hintermann, sie hasse. Ja, ich hasse sie. Warum muß die Perücke – ich will nun man den ganzen Mann so nennen, das ist einfacher – warum muß sie vor mir hergehen und leben, während junge Spatzen, die noch nichts vom Fliegen gewußt haben, sich aus der Dachrinne zu Tode stürzen? Und ich hasse die Perücke, weil sie feige ist – und wie feige! Und sie fühlt meinen Haß, während sie blöde vor mir hertrottet, immer im Kreis, im ganz kleinen Kreis zwischen grauen Mauern, die auch kein Herz für uns haben, denn sonst würden sie eines Nachts heimlich fortwandern und sich um den Palast stellen, in dem unsere Minister wohnen.

Ich denke schon eine ganze Zeit darüber nach, warum man die Perücke ins Gefängnis gesperrt hat – was für eine Tat kann sie begangen haben – sie, die zu feige ist, sich nach mir umzudrehen, während ich sie andauernd quäle. Denn ich quäle sie: Ich trete ihr fortwährend auf die Hacken – mit Absicht natürlich – und mache mit meinem Mund ein übles Geräusch, als spucke ich viertelpfundweise Lungenhaschee gegen ihren Rücken. Sie zuckt jedesmal verwundet zusammen. Trotzdem wagt sie es nicht, sich ganz nach ihrem Quäler umzusehen – nein, sie ist zu feige dazu. Sie dreht sich nur um ein paar Grad mit steifem Genick in meine Richtung nach hinten, aber die halbe Drehung bis zum Treffen unserer Augenpaare zu machen wagt sie nicht.

Was mag sie denn ausgefressen haben? Vielleicht hat sie unterschlagen oder gestohlen? Oder hat sie in einem Sexualanfall öffentliches Ärgernis erregt? Ja – das vielleicht. Einmal war sie berauscht von einem buckligen Eros aus ihrer Feigheit rausgehüpft in eine blöde Geilheit – na, und nun trottete sie vor mir her, stillvergnügt und erschrocken, einmal etwas gewagt zu haben.

Aber ich glaube, jetzt zittert sie insgeheim, weil sie weiß, daß ich hinter ihr gehe – ich: ihr Mörder! Oh, es würde mir leicht sein, sie zu morden, und es könnte ganz unauffällig geschehen. Ich hätte ihr nur das Bein zu stellen brauchen, dann wäre sie mit ihren viel zu stakigen Stelzen vornübergestolpert und hätte sich dabei bestimmt ein Loch in den Kopf gestoßen – und dann wäre ihr die Luft mit einem phlegmatischen pfff ... entwichen wie einem Fahrradschlauch. Sicher wäre: Ihr Kopf, diese dufte Perücke wäre in der Mitte auseinandergeplatzt wie weißlich-gelbes Wachs, und die wenigen Tropfen rote Tinte daraus hätten lächerlich verlogen gewirkt wie Himbeersaft auf der blauseidenen Bluse eines erdolchten Komödianten.

So haßte ich die Perücke, einen Kerl, dessen Visage ich nie gesehen hatte, dessen Stimme ich nie gehört hatte, von dem ich einen muffig-mottenpulverigen Geruch kannte. Sicher hatte er – die Perücke – eine milde, müde Stimme ohne jede Leidenschaft, so kraftlos wie seine milchigen Finger. Sicher hatte er die vorstehenden Augen eines Kalbes und eine dicke, hängende Unterlippe, die dauernd Pralinen essen möchte. Es war die Maske eines Lebemannes, ohne Größe und mit dem Mut eines Papierhändlers, dessen Hebammenhände oftmals den ganzen Tag nichts getan hatten, als siebzehn Pfennige für ein Schreibheft vom Ladentisch zu streichen.

Nein, kein Wort mehr über die Perücke! Ich hasse sie wirklich so sehr, daß ich mich leicht in einen Wutausbruch hineinsteigern könnte, bei dem ich mich zu sehr entblößen würde. Genug. Schluß. Ich will nie wieder von ihr reden, nie! –

Aber wenn einer, den du gerne ganz verschweigen möchtest, ständig mit eingeknickten Knien in der Melodie eines Melodramas vor dir hergeht, dann wirst du ihn nicht los.

Wie ein Juckreiz im Rücken, wo du mit den Händen nicht ankommst, reizt er dich immer wieder, an ihn zu denken, ihn zu empfinden, ihn zu hassen.

Ich glaube, ich muß die Perücke doch ermorden. Aber ich habe Angst, der Tote würde mir einen greulichen Streich spielen. Er würde sich plötzlich mit ordinärem Lachen daran erinnern, daß er früher ja Zirkusclown war und sich aus seinem Blut hochwälzen. Vielleicht etwas verlegen, als hätte er das Blut nicht halten können wie andere Leute das Wasser. Kopfüber würde er durch die Gefängnishof-Manege hampeln, hielte womöglich die Wärter für bockende Esel, die er bis zum Wahnsinn reizen würde, um dann mit gemachter Angst auf die Mauer zu springen. Von dort aus würde er dann seine Zunge wie einen Scheuerlappen gegen uns lüpfen und auf immer verschwinden.

Es ist nicht auszudenken, was alles geschehen würde, wenn sich plötzlich jeder auf das besinnen würde, was er eigentlich ist.

Denke nicht, daß mein Haß auf meinen Vordermann, auf die Perücke, hohl und grundlos ist – oh, man kann in Situationen kommen, wo man so von Haß überläuft und über die eigenen Grenzen hinweggeschwemmt wird, daß man nachher kaum zu sich selbst zurückfindet – so hat einen der Haß verwüstet.

Ich weiß, es ist schwer, mir zuzuhören und mit mir zu fühlen. Du sollst auch nicht zuhören, als wenn einer dir etwas von Gottfried Keller oder Dickens vorliest. Du sollst mit mir gehen, mitgehen in dem kleinen Kreis zwischen den unerbittlichen Mauern. Nein, nicht in Gedanken neben mir – nein, körperlich hinter mir als mein Hintermann. Und dann wirst du sehen, wie schnell du mich hassen lernst. Denn wenn du mit uns (ich sage jetzt »uns«, weil wir dieses eine alle gemeinsam haben) in unserm lendenlahmen Kreise wankst, dann bist du so leer von Liebe, daß der Haß wie Sekt in dir aufschäumt. Du läßt ihn auch schäumen, nur um diese entsetzliche Leere nicht mehr zu fühlen. Und glaube nur nicht, daß du mit leerem Magen und leerem Herzen zu besonderen Taten der Nächstenliebe aufgelegt sein wirst.

So wirst du also als ein von allem Guten Geleerter hinter mir herdammeln und monatelang nur auf mich angewiesen sein, auf meinen schmalen Rücken, den viel zu weichen Nacken und die leere Hose, in die der Anatomie nach ein Hintern gehört. Am meisten wirst du aber auf meine Beine sehen müssen. Alle Hintermänner sehen auf die Beine ihres Vordermannes, und der Rhythmus seines Schrittes wird ihnen aufgezwungen und übernommen, auch wenn er ihnen fremd und unbequem ist. Ja, und da wird der Haß dich anfallen wie ein eifersüchtiges Weib, wenn du merkst, daß ich keinen Gang habe. Nein, ich habe keinen Gang. Es gibt tatsächlich Menschen, die keinen Gang haben – sie haben mehrere Stilarten, die sich nicht miteinander vereinen können zu einer Melodie. Ich bin so einer. Und du wirst mich deswegen hassen, ebenso sinnlos und begründet, wie ich die Perücke hassen muß, weil ich ihr Hintermann bin. Wenn du dich gerade auf meinen etwas unsicheren, verspielten Schritt eingestellt hast, stellst du stockend fest, daß ich plötzlich ganz reell und energisch auftrete. Und kaum hast du diesen neuen Typ meines Gehens registriert, da fange ich einige Schritte weiter an, zerfahren und mutlos zu bummeln. Nein, du wirst keine Freude und Freundschaft über mich empfinden können. Du mußt mich hassen. Alle Hintermänner hassen ihre Vordermänner.

Ja, vielleicht würde alles anders werden, wenn sich die Vordermänner mal nach ihren Hintermännern umsehen würden, um sich mit ihnen zu verständigen. So ist aber jeder Hintermann – er sieht nur seinen Vordermann und haßt ihn. Aber seinen Hintermann verleugnet er – da fühlt er sich Vordermann. So ist das in unserm Kreis hinter den grauen Mauern – so ist es aber wohl anderswo auch, überall vielleicht.

Ich hätte die Perücke doch umbringen sollen. Einmal heizte sie mir so ein, daß mein Blut an zu kochen fing. Das war, als ich die Entdeckung machte. Keine große Sache. Nur eine ganz kleine Entdeckung.

Hab ich schon gesagt, daß wir jeden Morgen eine halbe Stunde lang einen kleinen schmutzig-grünen Fleck Rasen umkreisten? Ja, in der Mitte der Manege von diesem seltsamen Zirkus war eine blasse Versammlung von Grashalmen, blaß und der einzelne Halm ohne Gesicht – wie wir

in diesem unerträglichen Lattenzaun. Auf der Suche nach Lebendigem, Buntem, lief mein Auge ohne große Hoffnung eigentlich und zufällig über die paar Hälmchen hin, die sich, als sie sich angesehen fühlten, unwillkürlich zusammennahmen und mir zunickten – und da entdeckte ich unter ihnen einen unscheinbaren gelben Punkt – eine Miniaturgeisha auf einer großen Wiese. Ich war so erschrocken über meine Entdeckung, daß ich glaubte, alle müßten es gesehen haben, wie meine Augen wie festgebackt auf das gelbe Etwas starrten, und ich sah schnell und sehr interessiert auf die Pantoffeln meines Vordermannes. Aber so wie du einem, mit dem du sprichst, immer auf den Fleck, den er an der Nase hat, stieren mußt und ihn ganz unruhig machst – so sehnten meine Augen sich nach dem gelben Punkt. Als ich jetzt dichter an ihm vorbeikam, tat ich so unbefangen wie möglich. Ich erkannte eine Blume, eine gelbe Blume. Es war ein Löwenzahn – eine kleine gelbe Hundeblume.

Sie stand ungefähr einen halben Meter links von unserm Weg, von dem Kreis, auf dem wir jeden Morgen eine Huldigung an die frische Luft darbrachten. Ich stand förmlich Angst aus und bildete mir ein, einer der Blauen folge schon mit Stielaugen der Richtung meines Blickes. Aber so sehr unsere Wachthunde gewohnt waren, auf jede individuelle Regung des Lattenzaunes mit wütendem Bellen zu reagieren – niemand hatte an meiner Entdeckung teilgenommen. Die kleine Hundeblume war noch ganz mein Eigentum.

Aber richtig freuen konnte ich mich nur wenige Tage an ihr. Sie sollte mir ganz gehören. Immer wenn unser Rundgang zu Ende ging, mußte ich mich gewaltsam von ihr losreißen, und ich hätte meine tägliche Brotration (und das will was sagen!) dafür gegeben, sie zu besitzen. Die Sehnsucht, etwas Lebendiges in der Zelle zu haben, wurde so mächtig in mir, daß die Blume, die schüchterne kleine Hundeblume, für mich bald den Wert eines Menschen, einer heimlichen Geliebten bekam: Ich konnte nicht mehr ohne sie leben – da oben zwischen den toten Wänden!

Und dann kam die Sache mit der Perücke. Ich fing es sehr schlau an. Jedesmal, wenn ich an meiner Blume vorbeikam, trat ich so unauffällig wie möglich einen Fuß breit vom Wege auf den Grasfleck. Wir haben alle einen tüchtigen Teil Herdentrieb in uns, und darauf spekulierte ich. Ich hatte mich nicht getäuscht. Mein Hintermann, sein Hintermann, dessen Hintermann – und so weiter – alle latschten stur und folgsam in meiner Spur. So gelang es mir in vier Tagen, unsern Weg so nahe an meine Hundeblume ranzubringen, daß ich sie mit der Hand hätte erreichen können, wenn ich mich gebückt hätte. (Zwar starben einige zwanzig der blassen Grashalme durch mein Unternehmen einen staubigen Tod unter unsern Holzpantinen – aber wer denkt an ein paar zertretene Grashalme, wenn er eine Blume pflücken will?)

Nun näherte ich mich der Erfüllung meines Wunsches.

Zur Probe ließ ich einige Male meinen linken Strumpf runterrutschen, bückte mich ärgerlich und harmlos und zog ihn wieder hoch. Niemand fand etwas dabei. Also – morgen denn!

Ihr müßt mich nicht auslachen, wenn ich sage, daß ich am nächsten Tag mit Herzklopfen den Hof betrat und feuchte, erregte Hände hatte. Es war auch zu unwahrscheinlich, die Aussicht, nach monatelanger Einsamkeit und Liebelosigkeit unerwartet eine Geliebte in der Zelle zu haben.

Wir hatten unsere tägliche Ration Runden mit monotonem Pantoffelgeklöppel fast beendet – bei der vorletzten Runde sollte es geschehen. Da trat die Perücke in Aktion, und zwar auf die abgefeimteste und niederträchtigste Weise.

Wir waren eben in die vorletzte Runde eingebogen, die Blauen rasselten wichtig mit den Riesenschlüsselbunden, und ich näherte mich dem Tatort, von wo meine Blume mir ängstlich entgegensah. Vielleicht war ich nie so erregt wie in diesen Sekunden. Noch zwanzig Schritte. Noch fünfzehn Schritte, noch zehn, fünf ...

Da geschah das Ungeheure! Die Perücke warf plötzlich, als begänne sie eine Tarantella, die dünnen Arme in die Luft, hob das rechte Bein graziös bis an den Nabel und machte auf dem linken Fuß eine Drehung nach hinten. Nie werde ich begreifen, wo sie den Mut hernahm – sie blitzte mich triumphierend an, als wüßte sie alles, verdrehte die Kalbsaugen, bis das Weiße zu schillern anfing, und klappte dann wie eine Marionette zusammen. (Oh, nun war es gewiß: er mußte früher Zirkusclown gewesen sein, denn alles brüllte vor Lachen!)

Aber da bellten die blauen Uniformen los, und das Lachen war weggewischt, als ob es nie gewesen war. Und einer trat gegen den Liegenden und sagte so selbstverständlich, wie man sagt: es regnet – so sagte er: Er ist tot!

Ich muß noch etwas gestehen – aus Ehrlichkeit gegen mich selbst. In dem Augenblick, als ich mit dem Mann, den ich Perücke nannte, Auge in Auge war und fühlte, daß er unterlag, nicht mir, nein, dem Leben unterlag – in dieser Sekunde verlief mein Haß wie eine Welle am Strand, und es blieb nichts als ein Gefühl der Leere. Eine Latte war aus dem Zaun gebrochen – der Tod war haarscharf an mir vorbeigepfiffen –, da bemüht man sich schnell, gut zu sein. Und ich gönne der Perücke noch nachträglich den vermeintlichen Sieg über mich.

Am nächsten Morgen hatte ich einen anderen Vordermann, der mich die Perücke sofort vergessen machte. Er sah verlogen aus wie ein Theologe, aber ich glaube, er war eigens aus der Hölle beurlaubt, mir das Pflücken meiner Blume völlig unmöglich zu machen.

Er hatte eine impertinente Art aufzufallen. Alles feixte über ihn. Sogar die blaßblauen Hunde konnten ein menschliches Grinsen nicht unterdrücken, was sich ungeheuer merkwürdig ausmachte. Jeder Zoll ein Staatsbeamter – aber die primitive Würde der stumpfen Berufssoldatengesichter war zu einer Grimasse verzerrt. Sie wollten nicht lachen, bei Gott, nein! Aber sie mußten. Kennst du das Gefühl, das gönnerhafte, wenn du mit jemandem böse bist und ihr seid beide Masken der Unversöhnlichkeit, und nun geschieht irgend etwas Komisches, das euch beide zum Lachen zwingt – ihr wollt nicht lachen, bei Gott, nein! Dann zieht sich das Gesicht aber doch in die Breite und nimmt jenen bekannten Ausdruck an, den man am treffendsten mit »Saures Grinsen« benennen könnte. So erging es nun den Blauen, und das war die einzige menschliche Regung, die wir überhaupt an ihnen bemerkten. Ja, dieser Theologe, das war eine Motte! Er war gerissen genug, verrückt zu sein – aber er war nicht so verrückt, daß seine Gerissenheit darunter litt.

Wir waren siebenundsiebzig Mann in der Manege, und eine Meute von zwölf uniformierten Revolverträgern umkläffte uns. Einige mochten zwanzig und mehr Jahre diesen Kläfferdienst ausüben, denn ihre Münder waren im Laufe der Jahre bei vielen tausend Patienten eher schnauzenähnlich geworden. Aber diese Angleichung an das Tierreich hatte nichts von ihrer Einbildung genommen. Man hätte jeden einzelnen von ihnen so wie er war als Standbild benutzen können mit der Aufschrift: L'Etat c'est moi.

Ja, und der Theologe (später erfuhr ich, daß er eigentlich Schlosser war und bei Arbeiten an einer Kirche verunglückt war – Gott nahm sich seiner an!) war so verrückt oder gerissen, daß er ihre Würde vollkommen respektierte. Was sag ich – respektierte? Er pustete die Würde der blauen Uniformen auf zu einem Luftballon von ungeahnten Dimensionen, von denen die Träger selbst bislang keine Ahnung hatten. Wenn sie auch über seine Blödheit lachen mußten, ganz heimlich blähte doch ein gewisser Stolz ihre Bäuche, daß sich die Lederkoppel spannten.

Immer wenn der Theologe einen der Wachthunde passierte, die breitbeinig stehend ihre Macht zum Ausdruck brachten und, sooft es ging, bissig auf uns losfuhren – jedesmal machte er eine durchaus ehrlich wirkende Verbeugung und sagte so innig-höflich und gut gemeint: Gesegnetes Fest, Herr Wachtmeister! – daß kein Gott ihm hätte zürnen können – viel weniger die eitlen Luftballons in Uniform. Und dabei legte er seine Verbeugung so bescheiden an, daß es immer aussah, als wiche er einer Ohrfeige aus.

Und nun hatte der Teufel diesen Komiker-Theologen zu meinem Vordermann gemacht, und seine Verrücktheit strahlte so stark aus und nahm mich in Anspruch, daß meine neue kleine Geliebte, meine Hundeblume, beinahe vergaß. Ich konnte ihr kaum einen zärtlichen Blick zuwerfen, denn ich mußte einen irrsinnigen Kampf mit meinen Nerven austragen, der mir den Angstschweiß aus allen Löchern jagte. Jedesmal, wenn der Theologe seine Verbeugung machte und sein »Gesegnetes Fest, Herr Wachtmeister« wie Honig von der Zunge tropfen ließ – jedesmal mußte ich alle Muskeln anspannen, es ihm nicht nachzutun. Die Versuchung war so stark, daß ich mehrere Male den Staatsdenkmälern schon freundlich zunickte und es erst in der letzten Sekunde fertigbrachte, keine Verbeugung zu machen und stumm zu bleiben.

Wir kreisten täglich etwa eine halbe Stunde im Hof, das waren täglich zwanzig Runden, und zwölf Uniformen umstanden unsern Kreis. Der Theologe machte also auf jeden Fall zweihundertundvierzig Verbeugungen pro Tag, und zweihundertundvierzigmal mußte ich alle Konzentration aufbieten, nicht verrückt zu werden. Ich wußte, wenn ich das drei Tage gemacht hätte, würde ich mildernde Umstände bekommen – dem war ich nicht gewachsen. Ich kam völlig erschöpft in meine Zelle zurück. Die ganze Nacht aber ging ich im Traum eine unendliche Reihe blauer Uniformen entlang, die alle wie Bismarck aussahen – die ganze Nacht bot ich diesen Millionen blaßblauer Bismarcks mit tiefem Bückling ein »Gesegnetes Fest, Herr Wachtmeister!«

Am nächsten Tag wußte ich es so einzurichten, daß die Reihe an mir vorbeiging und ich einen andern Vordermann bekam: Ich verlor meinen Pantoffel, fischte ihn ganz umständlich und humpelte in den Lattenzaun zurück. Gott sei Dank! Vor mir ging die Sonne auf. Vielmehr – sie verdunkelte sich. Mein neuer Vordermann war so unverschämt lang, daß meine 1,80 m glatt in seinem Schatten verschwanden. Es gab also doch eine Vorsehung – man mußte ihr nur mit dem Pantoffel nachhelfen. Seine unmenschlich langen Gliedmaßen ruderten sinnlos durcheinander, und das Originelle war, er kam dabei sogar vorwärts, obgleich er sicher keinerlei Übersicht über Beine und Arme hatte. Ich liebte ihn beinahe – ja, ich betete, er möchte nicht plötzlich tot umsinken wie die Perücke oder verrückt werden und anfangen, feige Verbeugungen zu machen. Ich betete für sein langes Leben und seine geistige Gesundheit. Ich fühlte mich in seinem Schatten so geborgen, daß meine Blicke länger als sonst die kleine Hundeblume umfingen, ohne daß ich Angst zu haben brauchte, mich zu verraten. Ich verzieh diesem himmlischen Vordermann sogar sein abscheulich näselndes Organ, ja, ich verkniff mir großzügig, ihm allerlei Spitznamen wie Oboe, Krake oder Gottesanbeterin zu verleihen. Ich sah nur noch meine Blume – und ließ meinen Vordermann so lang und so blöde sein, wie er es wollte!

Der Tag war wie alle anderen. Er unterschied sich nur dadurch von ihnen, daß der Häftling aus der Zelle 432 zum Ende der halben Stunde einen rasenden Pulsschlag bekam und seine Augen den Ausdruck von kaschierter Harmlosigkeit und schlecht verdeckter Unsicherheit annahmen.

Wir bogen in die vorletzte Runde ein – wieder wurden die Schlüsselbunde lebendig, und der Lattenzaun döste durch die sparsamen Sonnenstrahlen wie hinter ewigen Gittern.

Aber was war das? Eine Latte döste ja gar nicht! Sie war

hellwach und wechselte vor Aufregung alle paar Meter die Gangart. Merkte das denn kein Mensch? Nein. Und plötzlich bückte sich die Latte 432 fummelte an ihrem runtergerutschten Strumpf herum und – fuhr dazwischen blitzschnell mit der einen Hand auf eine erschrockene kleine Blume zu, riß sie ab – und schon klöppelten wieder siebenundsiebzig Latten in gewohntem Schlendrian in die letzte Runde.

Was ist so komisch: Ein blasierter, reuiger Jüngling aus dem Zeitalter der Grammophonplatten und Raumforschung steht in der Gefängniszelle 432 unter dem hochgemauerten Fenster und hält mit seinen vereinsamten Händen eine kleine gelbe Blume in den schmalen Lichtstrahl – eine ganz gewöhnliche Hundeblume. Und dann hebt dieser Mensch, der gewohnt war, Pulver, Parfüm und Benzin, Gin und Lippenstift zu riechen, die Hundeblume an seine hungrige Nase, die schon monatelang nur das Holz der Pritsche, Staub und Angstschweiß gerochen hat – und er saugt so gierig aus der kleinen gelben Scheibe ihr Wesen in sich hinein, daß er nur so aus Nase besteht.

Und da öffnet sich in ihm etwas und ergießt sich wie Licht in den engen Raum, etwas, von dem er bisher nie etwas gewußt hatte: Eine Zärtlichkeit, eine Anlehnung und Wärme ohnegleichen erfüllte ihn zu der Blume und füllte ihn ganz aus.

Er ertrug den Raum nicht mehr und schloß die Augen und staunte: Aber – du riechst ja – nach Erde – nach Sonne, Meer und Honig, liebes Lebendiges du! Er empfand ihre keusche Kühle wie die Stimme seines Vaters, den er nie sonderlich beachtet hatte und der nun soviel Trost war mit seiner Stille – er empfand sie wie die helle Schulter einer dunklen Frau und er gab ihr einen Namen: Aline – sagte er.

Und dann trug er sie behutsam wie eine Geliebte zu seinem Wasserbecher, stellte das erschöpfte kleine Wesen darein, und dann brauchte er mehrere Minuten – so langsam setzte er sich, Angesicht in Angesicht mit seiner Blume.

Er war so gelöst und glücklich, daß er alles abtat und abstreifte, was ihn belastete: die Gefangenschaft, das Alleinsein, den Hunger nach Liebe, die Hilflosigkeit seiner zweiundzwanzig Jahre, die Gegenwart und die Zukunft, die Welt und das Christentum – ja, auch das.

Er war ein brauner Balinese, ein »Wilder« eines »wilden« Volkes, der das Meer und den Blitz und den Baum fürchtete und anbetete. Der Kokosnuß, Kabeljau und Kolibri verehrte, bestaunte, fraß und nicht begriff. Ja, er war so glücklich, und nie war er so bereit zum Guten gewesen, als er der Blume zuflüsterte ... werden wie du ...

Die ganze Nacht umspannten seine glücklichen Hände das vertraute Blech seines Trinkbechers, und er fühlte im Schlaf, wie sie Erde auf ihn häuften, dunkle, gute Erde, und wie er sich der Erde angewöhnte und wurde wie sie – und wie aus ihm Blumen brachen: Anemonen, Akelei und Löwenzahn – winzige, unscheinbare Sonnen.

Laternentraum

Wenn ich tot bin,
möchte ich immerhin
so eine Laterne sein,
und die müßte vor deiner Türe sein
und den fahlen
Abend überstrahlen.

Oder am Hafen,
wo die großen Dampfer schlafen
und wo die Mädchen lachen,
würde ich wachen
an einem schmalen schmutzigen Fleet
und dem zublinzeln, der einsam geht.

In einer engen
Gasse möcht ich hängen
als rote Blechlaterne
vor einer Taverne –
und in Gedanken
und im Nachtwind schwanken
zu ihren Gesängen.

Oder so eine sein, die ein Kind
mit großen Augen ansteckt,
wenn es erschreckt entdeckt,
daß es allein ist und weil der Wind
so johlt an den Fensterluken –
und die Träume draußen spuken.

Ja, ich möchte immerhin,
wenn ich tot bin,
so eine Laterne sein,
die nachts ganz allein,
wenn alles schläft auf der Welt,
sich mit dem Mond unterhält –
natürlich per Du.

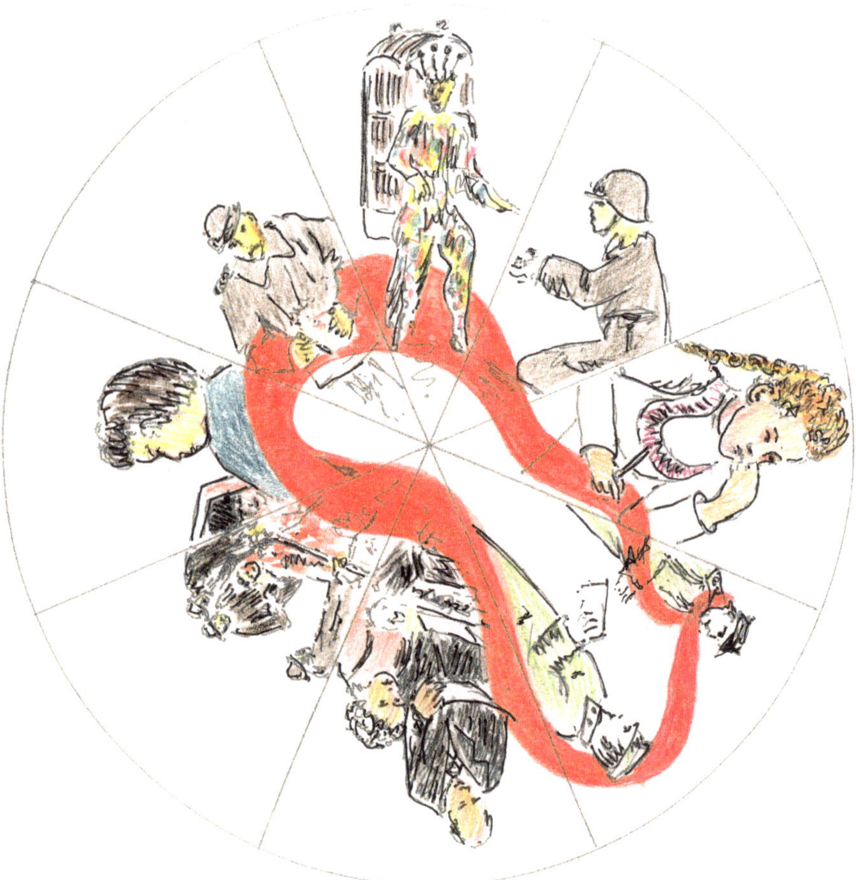

An diesem Dienstag

Die Woche hat einen Dienstag.
Das Jahr ein halbes Hundert.
Der Krieg hat viele Dienstage.

An diesem Dienstag
übten sie in der Schule die großen Buchstaben. Die Lehrerin hatte eine Brille mit dicken Gläsern. Die hatten keinen Rand. Sie waren so dick, daß die Augen ganz leise aussahen.

Zweiundvierzig Mädchen saßen vor der schwarzen Tafel und schrieben mit großen Buchstaben:

DER ALTE FRITZ HATTE EINEN TRINKBECHER AUS BLECH. DIE DICKE BERTA SCHOSS BIS PARIS. IM KRIEGE SIND ALLE VÄTER SOLDAT.

Ulla kam mit der Zungenspitze bis an die Nase. Da stieß die Lehrerin sie an. Du hast Krieg mit ch geschrieben, Ulla. Krieg wird mit g geschrieben. G wie Grube. Wie oft habe ich das schon gesagt. Die Lehrerin nahm ein Buch und machte einen Haken hinter Ullas Namen. Zu morgen schreibst du den Satz zehnmal ab, schön sauber, verstehst du? Ja, sagte Ulla und dachte: Die mit ihrer Brille.

Auf dem Schulhof fraßen die Nebelkrähen das weggeworfene Brot.

An diesem Dienstag
wurde Leutnant Ehlers zum Bataillonskommandeur befohlen.

Sie müssen den roten Schal abnehmen, Herr Ehlers.

Herr Major?

Doch, Ehlers. In der Zweiten ist so was nicht beliebt.

Ich komme in die zweite Kompanie?

Ja, und die lieben sowas nicht. Da kommen Sie nicht mit durch. Die Zweite ist an das Korrekte gewöhnt. Mit dem roten Schal läßt die Kompanie Sie glatt stehen, Hauptmann Hesse trug sowas nicht.

Ist Hesse verwundet?

Nee, er hat sich krank gemeldet. Fühlte sich nicht gut, sagte er. Seit er Hauptmann ist, ist er ein bißchen flau geworden, der Hesse. Versteh ich nicht. War sonst immer so korrekt. Na ja, Ehlers, sehen Sie zu, daß Sie mit der Kompanie fertig werden. Hesse hat die Leute gut erzogen. Und den Schal nehmen Sie ab, klar?

Türlich, Herr Major.

Und passen Sie auf, daß die Leute mit den Zigaretten vorsichtig sind. Da muß ja jedem anständigen Scharfschützen der Zeigefinger jucken, wenn er diese Glühwürmchen herumschwirren sieht. Vorige Woche hatten wir fünf Kopfschüsse. Also passen Sie ein bißchen auf, ja?

Jawohl, Herr Major.

Auf dem Wege zur zweiten Kompanie nahm Leutnant Ehlers den roten Schal ab. Er steckte eine Zigarette an.

Kompanieführer Ehlers, sagte er laut.
Da schoß es.

An diesem Dienstag
sagte Herr Hansen zu Fräulein Severin:

Wir müssen dem Hesse auch mal wieder was schicken, Severinchen. Was zu rauchen, was zu knabbern. Ein bißchen Literatur. Ein Paar Handschuhe oder sowas. Die Jungens haben einen verdammt schlechten Winter draußen. Ich kenne das. Vielen Dank.

Hölderlin vielleicht, Herr Hansen?

Unsinn, Severinchen, Unsinn. Nein, ruhig ein bißchen freundlicher. Wilhelm Busch oder so. Hesse war doch mehr für das Leichte. Lacht doch gern, das wissen Sie doch. Mein Gott, Severinchen, was kann dieser Hesse lachen!

Ja, das kann er, sagte Fräulein Severin.

An diesem Dienstag
trugen sie Hauptmann Hesse auf einer Bahre in die Entlausungsanstalt. An der Tür war ein Schild:

OB GENERAL, OB GRENADIER:
DIE HAARE BLEIBEN HIER.

Er wurde geschoren. Der Sanitäter hatte lange dünne Finger. Wie Spinnenbeine. An den Knöcheln waren sie etwas gerötet. Sie rieben ihn mit etwas ab, das roch nach Apotheke. Dann fühlten die Spinnenbeine nach seinem Puls und schrieben in ein dickes Buch: Temperatur 41,6. Puls 116. Ohne Besinnung. Fleckfieberverdacht.

Der Sanitäter machte das dicke Buch zu. Seuchenlazarett Smolensk stand da drauf. Und darunter: Vierzehnhundert Betten.

Die Träger nahmen die Bahre hoch. Auf der Treppe pendelte sein Kopf aus den Decken heraus und immer hin und her bei jeder Stufe. Und kurzgeschoren. Und dabei hatte er immer über die Russen gelacht. Der eine Träger hatte Schnupfen.

An diesem Dienstag
klingelte Frau Hesse bei ihrer Nachbarin. Als die Tür aufging, wedelte sie mit dem Brief. Er ist Hauptmann geworden. Hauptmann und Kompaniechef, schreibt er. Und sie haben über 40 Grad Kälte. Neun Tage hat der Brief gedauert. An Frau Hauptmann Hesse hat er oben drauf geschrieben.

Sie hielt den Brief hoch. Aber die Nachbarin sah nicht hin. 40 Grad Kälte, sagte sie, die armen Jungs. 40 Grad Kälte.

An diesem Dienstag
fragte der Oberfeldarzt den Chefarzt des Seuchenlazarettes Smolensk: Wie viel sind es jeden Tag?

Ein halbes Dutzend.

Scheußlich, sagte der Oberfeldarzt.

Ja, scheußlich, sagte der Chefarzt.

Dabei sahen sie sich nicht an.

An diesem Dienstag
spielten sie die Zauberflöte. Frau Hesse hatte sich die Lippen rot gemacht.

An diesem Dienstag
schrieb Schwester Elisabeth an ihre Eltern: Ohne Gott hält man das gar nicht durch. Aber als der Unterarzt kam, stand sie auf. Er ging so krumm, als trüge er ganz Rußland durch den Saal.

Soll ich ihm noch was geben? fragte die Schwester.

Nein, sagte der Unterarzt. Er sagte das so leise, als ob er sich schämte.

Dann trugen sie Hauptmann Hesse hinaus. Draußen polterte es. Die bumsen immer so. Warum können sie die Toten nicht langsam hinlegen. Jedesmal lassen sie sie so auf die Erde bumsen. Das sagte einer. Und sein Nachbar sang leise:

Zicke zacke juppheidi
Schneidig ist die Infanterie.

Der Unterarzt ging von Bett zu Bett. Jeden Tag. Tag und Nacht. Tagelang. Nächte durch. Krumm ging er. Er trug ganz Rußland durch den Saal. Draußen stolperten zwei Krankenträger mit einer leeren Bahre davon. Nummer 4, sagte der eine. Er hatte Schnupfen.

An diesem Dienstag
saß Ulla abends und malte in ihr Schreibheft mit großen Buchstaben:

IM KRIEG SIND ALLE VÄTER SOLDAT.
IM KRIEG SIND ALLE VÄTER SOLDAT.

Zehnmal schrieb sie das. Mit großen Buchstaben. Und Krieg mit G. Wie Grube.

Die Küchenuhr

Sie sahen ihn schon von weitem auf sich zukommen, denn er fiel auf. Er hatte ein ganz altes Gesicht, aber wie er ging, daran sah man, daß er erst zwanzig war. Er setzte sich mit seinem alten Gesicht zu ihnen auf die Bank. Und dann zeigte er ihnen, was er in der Hand trug.

Das war unsere Küchenuhr, sagte er und sah sie alle der Reihe nach an, die auf der Bank in der Sonne saßen. Ja, ich habe sie noch gefunden. Sie ist übriggeblieben.

Er hielt eine runde tellerweiße Küchenuhr vor sich hin und tupfte mit dem Finger die blaugemalten Zahlen ab.

Sie hat weiter keinen Wert, meinte er entschuldigend, das weiß ich auch. Und sie ist auch nicht so besonders schön. Sie ist nur wie ein Teller, so mit weißem Lack. Aber die blauen Zahlen sehen doch ganz hübsch aus, finde ich. Die Zeiger sind natürlich nur aus Blech. Und nun gehen sie auch nicht mehr. Nein. Innerlich ist sie kaputt, das steht fest. Aber sie sieht noch aus wie immer. Auch wenn sie jetzt nicht mehr geht.

Er machte mit der Fingerspitze einen vorsichtigen Kreis auf dem Rand der Telleruhr entlang. Und er sagte leise: Und sie ist übriggeblieben.

Die auf der Bank in der Sonne saßen, sahen ihn nicht an. Einer sah auf seine Schuhe und die Frau sah in ihren Kinderwagen. Dann sagte jemand:

Sie haben wohl alles verloren?

Ja, ja, sagte er freudig, denken Sie, aber auch alles! Nur sie hier, sie ist übrig. Und er hob die Uhr wieder hoch, als ob die anderen sie noch nicht kannten.

Aber sie geht doch nicht mehr, sagte die Frau.

Nein, nein, das nicht. Kaputt ist sie, das weiß ich wohl. Aber sonst ist sie doch noch ganz wie immer: weiß und blau. Und wieder zeigte er ihnen seine Uhr. Und was das Schönste ist, fuhr er aufgeregt fort, das habe ich Ihnen ja noch überhaupt nicht erzählt. Das Schönste kommt nämlich noch: Denken Sie mal, sie ist um halb drei stehengeblieben. Ausgerechnet um halb drei, denken Sie mal!

Dann wurde Ihr Haus sicher um halb drei getroffen, sagte der Mann und schob wichtig die Unterlippe vor. Das habe ich schon oft gehört. Wenn die Bombe runtergeht, bleiben die Uhren stehen. Das kommt von dem Druck.

Er sah seine Uhr an und schüttelte überlegen den Kopf. Nein, lieber Herr, nein, da irren Sie sich. Das hat mit den Bomben nichts zu tun. Sie müssen nicht immer von den Bomben reden. Nein. Um halb drei war ganz etwas anderes, das wissen Sie nur nicht. Das ist nämlich der Witz, daß sie gerade um halb drei stehengeblieben ist. Und nicht um viertel nach vier oder um sieben. Um halb drei kam ich nämlich immer nach Hause. Nachts, meine ich. Fast immer um halb drei. Das ist ja gerade der Witz.

Er sah die anderen an, aber die hatten ihre Augen von ihm weggenommen. Er fand sie nicht. Da nickte er seiner

Uhr zu: Dann hatte ich natürlich Hunger, nicht wahr? Und ich ging immer gleich in die Küche. Da war es dann fast immer halb drei. Und dann, dann kam nämlich meine Mutter. Ich konnte noch so leise die Tür aufmachen, sie hat mich immer gehört. Und wenn ich in der dunklen Küche etwas zu essen suchte, ging plötzlich das Licht an. Dann stand sie da in ihrer Wolljacke und mit einem roten Schal um. Und barfuß. Immer barfuß. Und dabei war unsere Küche gekachelt. Und sie machte ihre Augen ganz klein, weil ihr das Licht so hell war. Denn sie hatte ja schon geschlafen. Es war ja Nacht.

So spät wieder, sagte sie dann. Mehr sagte sie nie. Nur: spät wieder. Und dann machte sie mir das Abendbrot warm und sah zu, wie ich aß. Dabei scheuerte sie immer die Füße aneinander, weil die Kacheln so kalt waren. Schuhe zog sie nachts nie an. Und sie saß so lange bei mir, bis ich satt war. Und dann hörte ich sie noch die Teller wegsetzen, wenn ich in meinem Zimmer schon das Licht ausgemacht hatte. Jede Nacht war es so. Und meistens immer um halb drei. Das war ganz selbstverständlich, fand ich, daß sie mir nachts um halb drei in der Küche das Essen machte. Ich fand das ganz selbstverständlich. Sie tat das ja immer. Und sie hat nie mehr gesagt als: So spät wieder. Aber das sagte sie jedesmal. Und ich dachte, das könnte nie aufhören. Es war mir so selbstverständlich. Das alles war doch immer so gewesen.

Einen Atemzug lang war es ganz still auf der Bank.

Dann sagte er leise: Und jetzt? Er sah die anderen an. Aber er fand sie nicht. Da sagte er der Uhr leise ins weißblaue runde Gesicht: Jetzt, jetzt weiß ich, daß es das Paradies war. Das richtige Paradies.

Auf der Bank war es ganz still. Dann fragte die Frau: Und Ihre Familie?

Er lächelte sie verlegen an: Ach, Sie meinen meine Eltern? Ja, die sind auch mit weg. Alles ist weg. Alles, stellen Sie sich vor. Alles weg.

Er lächelte verlegen von einem zum anderen. Aber sie sahen ihn nicht an.

Da hob er wieder die Uhr hoch und er lachte. Er lachte: Nur sie hier. Sie ist übrig. Und das Schönste ist ja, daß sie um halb drei stehengeblieben ist. Ausgerechnet um halb drei.

Dann sagte er nichts mehr. Aber er hatte ein ganz altes Gesicht. Und der Mann, der neben ihm saß, sah auf seine Schuhe. Aber er sah seine Schuhe nicht. Er dachte immerzu an das Wort Paradies.

Stille Stunde

Wenn irgendwo
ein Werk, ein Wort
an unserer Seele Tiefen rührt –
laßt uns zusammen schweigen.

Wenn irgendwo
ein Leid geschieht,
und dünkt es dich zu schwer –
laßt uns zusammen schweigen

Wenn irgendwo
ein Lachen ist
und Jubel deine Brust will sprengen –
laßt uns zusammen schweigen

Wenn irgendwo
der Tod den Freund
aus unserem Kreise holt –
laßt uns zusammen schweigen.

Wenn irgendwo
die Welt, das All
mit Schauer uns erfüllt –
laßt uns zusammen schweigen.

Die Spatzen …

Die Spatzen
kratzen,
was man ißt,
aus dem Mist.

Die Menschheit fischt
auch im Trüben – –
so ist nischt
mehr nach geblieben!

Schischyphusch oder Der Kellner meines Onkels

Dabei war mein Onkel natürlich kein Gastwirt. Aber er kannte einen Kellner. Dieser Kellner verfolgte meinen Onkel so intensiv mit seiner Treue und mit seiner Verehrung, dass wir immer sagten: Das ist sein Kellner. Oder: Ach so, sein Kellner.

Als sie sich kennenlernten, mein Onkel und der Kellner, war ich dabei. Ich war damals gerade so groß, dass ich die Nase auf den Tisch legen konnte. Das durfte ich aber nur, wenn sie sauber war. Und immer konnte sie natürlich nicht sauber sein. Meine Mutter war auch nicht viel älter. Etwas älter war sie wohl, aber wir waren beide noch so jung, daß wir uns ganz entsetzlich schämten, als der Onkel und der Kellner sich kennenlernten. Ja, meine Mutter und ich, wir waren dabei.

Mein Onkel natürlich auch, ebenso wie der Kellner, denn die beiden sollten sich ja kennenlernen und auf sie kam es an. Meine Mutter und ich waren nur als Statisten dabei und hinterher haben wir es bitter verwünscht, daß wir dabei waren, denn wir mußten uns wirklich sehr schämen, als die Bekanntschaft der beiden begann. Es kam dabei nämlich zu allerhand erschrecklichen Szenen mit Beschimpfung, Beschwerden, Gelächter und Geschrei. Und beinahe hätte es sogar eine Schlägerei gegeben. Daß mein Onkel einen Zungenfehler hatte, wäre beinahe der Anlaß zu dieser Schlägerei geworden. Aber daß er einbeinig war, hat die Schlägerei dann schließlich doch verhindert.

Wir saßen also, wir drei, mein Onkel, meine Mutter und ich, an einem sonnigen Sommertag nachmittags in einem großen prächtigen bunten Gartenlokal. Um uns herum saßen noch ungefähr zwei- bis dreihundert andere Leute, die auch alle schwitzten. Hunde saßen unter den schattigen Tischen und Bienen saßen auf den Kuchentellern. Oder kreisten um die Limonadengläser der Kinder. Es war so warm und so voll, daß die Kellner alle ganz beleidigte Gesichter hatten, als ob das alles nur stattfände aus Schikane. Endlich kam auch einer an unseren Tisch.

Mein Onkel hatte, wie ich schon sagte, einen Zungenfehler. Nicht bedeutend, aber immerhin deutlich genug. Er konnte kein s sprechen. Auch kein z oder tz. Er brachte das einfach nicht fertig. Immer wenn in einem Wort so ein harter s-Laut auftauchte, dann machte er ein weiches feucht-wässeriges sch daraus. Und dabei schob er die Lippen weit vor, daß sein Mund entfernte Ähnlichkeit mit einem Hühnerpopo bekam.

Der Kellner stand also an unserem Tisch und wedelte mit seinem Taschentuch die Kuchenkrümel unserer Vorgänger von der Decke. (Erst viele Jahre später erfuhr ich, daß es nicht sein Taschentuch, sondern eine Art Serviette gewesen sein muß.) Er wedelte also damit und fragte kurzatmig und nervös:

»Bitte schehr? Schie wünschen?«

Mein Onkel, der keine alkoholarmen Getränke schätzte, sagte gewohnheitsmäßig:

»Alscho: Schwei Aschbach und für den Jungen Schelter oder Brausche. Oder wasch haben Schie schonscht?«

Der Kellner war sehr blaß. Und dabei war es Hochsommer und er war doch Kellner in einem Gartenlokal. Aber vielleicht war er überarbeitet. Und plötzlich merkte ich, daß mein Onkel unter seiner blanken braunen Haut auch blaß wurde. Nämlich als der Kellner die Bestellung der Sicherheit wegen wiederholte:

»Schehr wohl. Schwei Aschbach. Eine Brausche. Bitte schehr.«

Mein Onkel sah meine Mutter mit hochgezogenen Brauen an, als ob er etwas Dringendes von ihr wollte. Aber er wollte sich nur vergewissern, ob er noch auf dieser Welt sei. Dann sagte er mit einer Stimme, die an fernen Geschützdonner erinnerte:

»Schagen Schie mal, schind Schie wahnschinnig? Schie? Schie machen schich über mein Lischpeln luschtig? Wasch?«

Der Kellner stand da und dann fing es an, an ihm zu zittern. Seine Hände zitterten. Seine Augendeckel. Seine Knie. Vor allem zitterte seine Stimme. Sie zitterte vor Schmerz und Wut und Fassungslosigkeit, als er sich jetzt Mühe gab, auch etwas geschützdonnerähnlich zu antworten:

»Esch ischt schamlosch von Schie, schich über mich schu amüschieren, taktlosch ischt dasch, bitte schehr.«

Nun zitterte alles an ihm. Seine Jackenzipfel. Seine pomadenverklebten Haarsträhnen. Seine Nasenflügel und seine sparsame Unterlippe.

An meinem Onkel zitterte nichts. Ich sah ihn ganz genau an: Absolut nichts. Ich bewunderte meinen Onkel. Aber als der Kellner ihn schamlos nannte, da stand mein Onkel doch wenigstens auf. Das heißt, er stand eigentlich gar nicht auf. Das wäre ihm mit seinem einen Bein viel zu umständlich und beschwerlich gewesen. Er blieb sitzen und stand dabei doch auf. Innerlich stand er auf. Und das genügte auch vollkommen. Der Kellner fühlte dieses innerliche Aufstehen meines Onkels wie einen Angriff und er wich zwei kurze zittrige unsichere Schritte zurück. Feindselig standen sie sich gegenüber. Obgleich mein Onkel saß. Wenn er wirklich aufgestanden wäre, hätte sich sehr wahrscheinlich der Kellner hingesetzt. Mein Onkel konnte es sich auch leisten, sitzen zu bleiben, denn er war noch im Sitzen ebenso groß wie der Kellner und ihre Köpfe waren auf gleicher Höhe.

So standen sie nun und sahen sich an. Beide mit einer zu kurzen Zunge, beide mit demselben Fehler. Aber jeder mit einem völlig anderen Schicksal.

Klein, verbittert, verarbeitet, zerfahren, fahrig, farblos, verängstigt, unterdrückt: der Kellner. Der kleine Kellner. Ein richtiger Kellner: Verdrossen, stereotyp höflich, geruchlos, ohne Gesicht, numeriert, verwaschen und trotzdem leicht schmuddelig. Ein kleiner Kellner. Zigarettenfingrig, servil, steril, glatt, gut gekämmt, blaurasiert, gelbgeärgert, mit leerer Hose hinten und dicken Taschen an der Seite, schiefen Absätzen und chronisch verschwitztem Kragen – der kleine Kellner.

Und mein Onkel? Ach, mein Onkel! Breit, braun, brummend, baßkehlig, laut, lachend, lebendig, reich, riesig, ruhig, sicher, satt, saftig – mein Onkel!

Der kleine Kellner und mein großer Onkel. Verschieden wie ein Karrengaul vom Zeppelin. Aber beide kurzzungig. Beide mit demselben Fehler. Beide mit einem feuchten wässerigen weichen sch. Aber der Kellner ausgestoßen, getreten von seinem Zungenschicksal, bockig, eingeschüchtert, enttäuscht, einsam, bissig.

Und klein, ganz klein geworden. Tausendmal am Tag verspottet, an jedem Tisch belächelt, belacht, bemitleidet, begrinst, beschrien. Tausendmal an jedem Tag im Gartenlokal an jedem Tisch einen Zentimeter in sich hineingekrochen, geduckt, geschrumpft. Tausendmal am Tag bei jeder Bestellung an jedem Tisch, bei jedem »bitte schehr« kleiner, immer kleiner geworden. Die Zunge, gigantischer unförmiger Fleischlappen, die viel zu kurze Zunge, formlose zyklopische Fleischmasse, plumper unfähiger roter Muskelklumpen, diese Zunge hatte ihn zum Pygmäen erdrückt: kleiner, kleiner Kellner!

Und mein Onkel! Mit einer zu kurzen Zunge, aber: als hätte er sie nicht. Mein Onkel, selbst am lautesten lachend, wenn über ihn gelacht wurde. Mein Onkel, einbeinig, kolossal, slickzungig. Aber Apoll in jedem Zentimeter Körper und jedem Seelenatom. Autofahrer, Frauenfahrer, Herrenfahrer, Rennfahrer. Mein Onkel, Säufer. Sänger, Gewaltmensch, Witzereißer, Zotenflüsterer, Verführer, kurzzungiger sprühender, sprudelnder spuckender Anbeter von Frauen und Kognak. Mein Onkel, saufender Sieger, prothesenknarrend, breitgrinsend, mit viel zu kurzer Zunge, aber: als hätte er sie nicht.

So standen sie sich gegenüber. Mordbereit der eine, lachfertig, randvoll mit Gelächter der andere. Ringsherum sechs- bis siebenhundert Augen und Ohren, Spazierläufer, Kaffeetrinker, Kuchenschleckerer, die den Auftritt mehr genossen als Bier und Brause und Bienenstich. Ach, und mittendrin meine Mutter und ich. Rotköpfig, schamhaft, tief in die Wäsche verkrochen. Und unsere Leiden waren erst am Anfang.

»Schuchen Schie schofort den Wirt, Schie aggreschiver Schpatsch, Schie. Ich will Schie lehren, Gäschte schu inschultieren.«

Mein Onkel sprach jetzt absichtlich so laut, daß den sechs- bis siebenhundert Ohren kein Wort entging. Der Asbach regte ihn in angenehmer Weise an. Er grinste vor Wonne über sein großes gutmütiges breites braunes Gesicht. Helle salzige Perlen kamen aus der Stirn und trudelten abwärts über die massiven Backenknochen. Aber der Kellner hielt alles an ihm für Bosheit, für Gemeinheit, für Beleidigung und Provokation. Er stand mit faltigen hohlen leise wehenden Wangen da und rührte sich nicht von der Stelle.

»Haben Schie Schand in den Gehörgängen? Schuchen Schie den Beschitscher, Schie beschoffener Schpaschvogel. Losch, oder haben Schie die Hosche voll, Schie mischgeschtalteter Schwerg?«

Da faßte der kleine kleine Pygmäe, der kleine slickzungige Kellner, sich ein großmütiges, gewaltiges, für uns alle und für ihn selbst überraschendes Herz. Er trat ganz nah an unsern Tisch, wedelte mit seinem Taschentuch über unsere Teller und knickte zu einer korrekten Kellnerverbeugung zusammen. Mit einer kleinen männlichen und entschlossen leisen Stimme, mit überwältigender zitternder Höflichkeit sagte er: »Bitte schehr!« und setzte sich klein, kühn und kaltblütig auf den vierten freien Stuhl an unserem Tisch. Kaltblütig natürlich nur markiert. Denn in seinem tapferen kleinen Kellnerherzen flackerte die empörte Flamme der verachteten gescheuchten missgestalteten Kreatur. Er hatte auch nicht den Mut, meinen Onkel anzusehen. Er setzte sich nur so klein und sachlich hin und ich glaube, dass höchstens ein Achtel seines Gesäßes den Stuhl berührte. (Wenn er überhaupt mehr als ein Achtel besaß – vor lauter Bescheidenheit.) Er saß, sah vor sich hin auf die kaffeeübertropfte grauweiße Decke, zog seine dicke Brieftasche hervor und legte sie immerhin einigermaßen männlich auf den Tisch. Eine halbe Sekunde riskierte er einen kurzen Aufblick, ob er wohl zu weit gegangen sei mit dem Aufbumsen der Tasche, dann, als er sah, daß der Berg, mein Onkel nämlich, in seiner Trägheit verharrte, öffnete er die Tasche und nahm ein Stück pappartiges zusammengeknifftes Papier heraus, dessen Falten das typische Gelb eines oftbenutzten Stück Papiers aufwiesen. Er klappte es wichtig auseinander, verkniff sich jeden Ausdruck von Beleidigtsein oder Rechthaberei und legte sachlich seinen kurzen abgenutzten Finger auf eine bestimrmmte Stelle des Stück Papiers. Dazu sagte er leise, eine Spur heiser und mit großen Atempausen:

»Bitte schehr. Wenn Schie schehen wollen. Schtellen Schie höflichscht schelbscht fescht. Mein Pasch. In Parisch geweschen. Barschelona. Oschnabrück, bitte schehr. Allesch ausch meinem Pasch schu erschehen. Und hier: Beschondere Kennscheichen: Narbe am linken Knie. (Vom Fußballspiel.) Und hier, und hier? Wasch ischt hier? Hier, bitte schehr: Schprachfehler scheit Geburt. Bitte schehr. Wie Schie schelbscht schehen!«

Das Leben war zu rabenmütterlich mit ihm umgegangen, als daß er jetzt den Mut gehabt hätte, seinen Triumph auszukosten und meinen Onkel herausfordernd anzusehen. Nein, er sah still und klein vor sich auf seinen vorgestreckten Finger und den bewiesenen Geburtsfehler und wartete geduldig auf den Baß meines Onkels.

Es dauerte lange, bis der kam. Und als er dann kam, war es so unerwartet, was er sagte, daß ich vor Schreck einen Schluckauf bekam. Mein Onkel ergriff plötzlich mit seinen klobigen viereckigen Tatmenschenhänden die kleinen flatterigen Pfoten des Kellners und sagte mit der vitalen wütend-kräftigen Gutmütigkeit und der tierhaft warmen Weichheit, die als primärer Wesenszug aller Riesen gilt: »Armesch kleinesch Luder! Schind schie schon scheit deiner Geburt hinter dir her und hetschen?«

Der Kellner schluckte. Dann nickte er. Nickte sechs-, siebenmal. Erlöst. Befriedigt. Stolz. Geborgen. Sprechen konnte er nicht. Er begriff nichts. Verstand und Sprache waren erstickt von zwei dicken Tränen. Sehen konnte er auch nicht, denn die zwei dicken Tränen schoben sich vor seine Pupillen wie zwei undurchsichtige allesversöhnende Vorhänge. Er begriff nichts. Aber sein Herz empfing diese Welle des Mitgefühls wie eine Wüste, die tausend Jahre auf einen Ozean gewartet hatte. Bis an sein Lebensende hätte er sich so überschwemmen lassen können! Bis an seinen Tod hätte er seine kleinen Hände in den Pranken meines Onkels verstecken mögen! Bis in die Ewigkeit hätte er das hören können, dieses: Armesch kleinesch Luder!

Aber meinem Onkel dauerte das alles schon zu lange. Er war Autofahrer. Auch wenn er im Lokal saß. Er ließ seine Stimme wie eine Artilleriesalve über das Gartenlokal hinwegdröhnen und donnerte irgendeinen erschrockenen Kellner an:

»Schie, Herr Ober! Acht Aschbach! Aber losch, schag ich Ihnen! Wasch? Nicht Ihr Revier? Bringen Schie schofort acht Aschbach oder tun Schie dasch nicht, wasch?«

Der fremde Kellner sah eingeschüchtert und verblüfft auf meinen Onkel. Dann auf seinen Kollegen. Er hätte ihm gern von den Augen abgesehen (durch ein Zwinkern oder so), was das alles zu bedeuten hätte. Aber der kleine Kellner konnte seinen Kollegen kaum erkennen, so weit weg war er von allem, was Kellner, Kuchenteller, Kaffeetasse und Kollege hieß, weit weit weg davon.

Dann standen acht Asbach auf dem Tisch. Vier Gläser davon mußte der fremde Kellner gleich wieder mitnehmen, sie waren leer, ehe er einmal geatmet hatte. »Laschen Schie dasch da nochmal vollaufen!« befahl mein Onkel und wühlte in den Innentaschen seiner Jacke. Dann pfiff er eine Parabel durch die Luft und legte nun seinerseits seine dicke Brieftasche neben die seines neuen Freundes. Er fummelte endlich eine zerknickte Karte heraus und legte seinen Mittelfinger, der die Maße eines Kinderarms hatte, auf einen bestimmten Teil der Karte.

»Schiehscht du, dummesch Häschchen, hier schtehtsch: Beinamputiert und Unterkieferschusch. Kriegschverletschung.« Und während er das sagte, zeigte er mit der anderen Hand auf die Narbe, die sich unterm Kinn versteckt hielt.

»Die Oösch haben mir einfach ein Schtück von der Schungenschpitsche abgeschoschen. In Frankreich damalsch.«

Der Kellner nickte.

»Noch bösche?« fragte mein Onkel.

Der Kellner schüttelte schnell den Kopf hin und her, als wollte er etwas ganz Unmögliches abwehren.

»Ich dachte nur schuerscht, Schie wollten mich utschen.«

Erschüttert über seinen Irrtum in der Menschenkenntnis wackelte er mit dem Kopf immer wieder von links nach rechts und wieder zurück.

Und nun schien es mit einmal, als ob er alle Tragik seines Schicksals damit abgeschüttelt hätte. Die beiden Tränen, die sich nun in den Hohlheiten seines Gesichtes verliefen, nahmen alle Qual seines bisherigen verspotteten Daseins mit. Sein neuer Lebensabschnitt, den er an der Riesentatze meines Onkels betrat, begann mit einem kleinen aufstoßenden Lacher, einem Gelächterchen, zage, scheu, aber von einem unverkennbaren Asbachgestank begleitet.

Und mein Onkel, dieser Onkel, der sich auf einem Bein, mit zerschossener Zunge und einem bärigen baßstimmigen Humor durch das Leben lachte, dieser mein Onkel war nun so unglaublich selig, daß er endlich endlich lachen konnte. Er war schon bronzefarben angelaufen, daß ich fürchtete, er müsse jede Minute platzen. Und sein Lachen lachte los, unbändig, explodierte, polterte, juchte, gongte, gurgelte – lachte los, als ob er ein Riesensaurier wäre, dem diese Urweltlaute entrülpsten. Das erste kleine neuprobierte Menschlachen des Kellners, des neuen kleinen Kellnermenschen, war dagegen wie das schüttere Gehüstel eines erkälteten Ziegenbabys. Ich griff angstvoll nach der Hand meiner Mutter. Nicht daß ich Angst vor meinem Onkel gehabt hätte, aber ich hatte doch eine tiefe tierische Angstwitterung vor den acht Asbachs, die in meinem Onkel brodelten. Die Hand meiner Mutter war eiskalt. Alles Blut hatte ihren Körper verlassen, um den Kopf zu einem grellen plakatenen Symbol der Schamhaftigkeit und des bürgerlichen Anstandes zu machen. Keine Vierländer Tomate konnte ein röteres Rot ausstrahlen. Meine Mutter leuchtete. Klatschmohn war blaß gegen sie. Ich rutschte tief von meinem Stuhl unter den Tisch. Siebenhundert Augen waren rund und riesig um uns herum. Oh, wie wir uns schämten, meine Mutter und ich.

Der kleine Kellner, der unter dem heißen Alkoholatem meines Onkels ein neuer Mensch geworden war, schien den ersten Teil seines neuen Lebens gleich mit einer ganzen Ziegenmeckerlachepoche beginnen zu wollen. Er mähte, bähte, gnuckte und gnickerte wie eine ganze Lämmerherde auf einmal. Und als die beiden Männer nun noch vier zusätzliche Asbachs über ihre kurzen Zungen schütteten, wurden aus den Lämmern, aus den rosigen dünnstimmigen zarten schüchternen kleinen Kellnerlämmern, ganz gewaltige hölzern meckernde steinalte weißbärtige blechscheppernde blödblökende Böcke.

Diese Verwandlung vom kleinen giftigen tauben verkniffenen Bitterling zum andauernd, fortdauernd meckernden schenkelschlagenden geckernden blechern blökenden Ziegenbockmenschen war selbst meinem Onkel etwas ungewöhnlich. Sein Lachen vergluckerte langsam wie ein absaufender Felsen. Er wischte sich mit dem Ärmel die Tränen aus dem braunen breiten Gesicht und glotzte mit asbachblanken sturerstaunten Augen auf den unter Lachstößen bebenden weißbejackten Kellnerzwerg. Um uns herum feixten siebenhundert Gesichter. Siebenhundert Augen glaubten, daß sie nicht richtig sahen. Siebenhundert Zwerchfelle schmerzten. Die, die am weitesten ab saßen, standen erregt auf, um sich ja nichts entgehen zu lassen. Es war, als ob der Kellner sich vorgenommen hatte, fortan als ein riesenhafter boshaft bähender Bock sein Leben fortzusetzen. Neuerdings, nachdem er wie aufgezogen einige Minuten in seinem eigenen Gelächter untergegangen war, neuerdings bemühte er sich erfolgreich, zwischen den Lachsalven, die wie ein blechernes Maschinengewehrfeuer aus seinem runden Mund perlten, kurze schrille Schreie auszustoßen. Es gelang ihm, so viel Luft zwischen dem Gelächter einzusparen, daß er nun diese Schreie in die Luft wiehern konnte.

»Schischyphusch!« schrie er und patschte sich gegen die nasse Stirn. »Schischyphusch! Schiiischyyyphuuusch!« Er hielt sich mit beiden Händen an der Tischplatte fest und wieherte: »Schischyphusch!« Als er fast zwei Dutzend mal gewiehert hatte, dieses »Schischyphusch« aus voller Kehle gewiehert hatte, wurde meinem Onkel das Schischyphuschen zuviel. Er zerknitterte dem unaufhörlich wiehernden Kellner mit einem einzigen Griff das gestärkte Hemd, schlug mit der anderen Faust auf den Tisch, daß zwölf leere Gläser an zu springen fingen, und donnerte ihn an: »Schlusch! Schlusch, schag ich jetscht. Wasch scholl dasch mit dieschem blödschinnigen schaudummen Schischyphusch? Schlusch jetscht, verschtehscht du!« Der Griff und der gedonnerte Baß meines Onkels machten aus dem schischyphuschschreienden Ziegenbock im selben Augenblick wieder den kleinen lispelnden armseligen Kellner.

Er stand auf. Er stand auf, als ob es der größte Irrtum seines Lebens gewesen wäre, daß er sich hingesetzt hatte. Er fuhr sich mit dem Serviettentuch durch das Gesicht und räumte Lachtränen, Schweißtropfen, Asbach und Gelächter wie etwas hinweg, das fluchwürdig und frevelhaft war. Er war aber so betrunken, daß er alles für einen Traum hielt, die Pöbelei am Anfang, das Mitleid und die Freundschaft meines Onkels. Er wußte nicht: Hab ich nun eben Schischyphusch geschrien? Oder nicht? Hab ich schechsch Aschbach gekippt, ich, der Kellner dieschesch Lokalsch, mitten unter den Gäschten? Ich? Er war unsicher. Und für alle Fälle machte er eine abgehackte kleine Verbeugung und flüsterte: »Verscheihung!« Und dann verbeugte er sich noch einmal: »Verscheihung. Ja, verscheihen Schie dasch Schischyphuschgeschrei. Bitte schehr. Verscheihen der Herr, wenn ich zu laut war, aber der Aschbach, Schie wischen ja schelbscht, wenn man nichtsch gegeschen hat, auf leeren Magen. Bitte schehr darum. Schischyphusch war nämlich mein Schpitschname. Ja, in der Schule schon. Die gansche Klasche nannte mich scho. Schie wischen wohl, Schischyphusch, dasch war der Mann in der Hölle, diesche alte Schage, wischen Schie, der Mann im Hadesch, der arme Schünder, der einen groschen Felschen auf einen rieschigen Berg raufschieben schollte, eh, muschte, ja, dasch war der Schischyphusch, wischen Schie wohl. In der Schule muschte ich dasch immer schagen, immer diesch Schischyphusch. Und allesch hat dann gepuschtet vor Lachen, können Schie schich denken, werter Herr. Allesch hat dann gelacht, wischen Schie, schintemalen ich doch die schu kursche Schungenschpitsche beschitsche. Scho kam esch, dasch ich schpäter überall Schischyphusch geheischen wurde und gehänschelt wurde, schehen Schie. Und dasch, verscheihen, kam mir beim Aschbach nun scho insch Gedächtnisch, alsch ich scho geschrien habe, verschtehen. Verscheihen Schie, ich bitte schehr, verscheihen Schie, wenn ich Schie beläschtigt haben schollte, bitte schehr.«

Er verstummte. Seine Serviette war indessen unzählige Male von einer Hand in die andere gewandert. Dann sah er auf meinen Onkel.

Jetzt war der es, der still am Tisch saß und vor sich auf die Tischdecke sah. Er wagte nicht, den Kellner anzusehen. Mein Onkel, mein bärischer bulliger riesiger Onkel wagte nicht, aufzusehen und den Blick dieses kleinen verlegenen Kellners zu erwidern. Und die beiden dicken Tränen, die saßen nun in seinen Augen. Aber das sah keiner außer mir. Und ich sah es auch nur, weil ich so klein war, daß ich ihm von unten her ins Gesicht sehen konnte. Er schob dem still abwartenden Kellner einen mächtigen Geldschein hin, winkte ungeduldig ab, als der ihm zurückgeben wollte, und stand auf, ohne jemanden anzusehen.

Der Kellner brachte noch zaghaft einen Satz an: »Die Aschbach wollte ich gern beschahlt haben, bitte schehr.«

Dabei hatte er den Schein schon in seine Tasche gesteckt als erwarte er keine Antwort und keinen Einspruch. Es hatte auch keiner den Satz gehört und seine Großzügigkeit fiel lautlos auf den harten Kies des Gartenlokals und wurde da später gleichgültig zertreten. Mein Onkel nahm seinen Stock, wir standen auf, meine Mutter stützte meinen Onkel und wir gingen langsam auf die Straße zu. Keiner von uns dreien sah auf den Kellner. Meine Mutter und ich nicht, weil wir uns schämten. Mein Onkel nicht, weil er die beiden Tränen in den Augen sitzen hatte. Vielleicht schämte er sich auch, dieser Onkel. Langsam kamen wir auf den Ausgang zu, der Stock meines Onkels knirschte häßlich auf dem Gartenkies und das war das einzige Geräusch im Augenblick, denn die drei- bis vierhundert Gesichter an den Tischen waren stumm und glotzäugig auf unseren Abgang konzentriert.

Und plötzlich tat mir der kleine Kellner leid. Als wir am Ausgang des Gartens um die Ecke biegen wollten, sah ich mich schnell noch einmal nach ihm um. Er stand noch

SCHISCHYPHUSCH

immer an unserem Tisch. Sein weißes Serviettentuch hing bis auf die Erde. Er schien mir noch viel viel kleiner geworden zu sein. So klein stand er da und ich liebte ihn plötzlich, als ich ihn so verlassen hinter uns herblicken sah, so klein, so grau, so leer, so hoffnungslos, so arm, so kalt und so grenzenlos allein! Ach, wie klein! Er tat mir so unendlich leid, daß ich meinen Onkel an die Hand tippte, aufgeregt, und leise sagte: »Ich glaube, jetzt weint er.«

Mein Onkel blieb stehen. Er sah mich an und ich konnte die beiden dicken Tropfen in seinen Augen ganz deutlich erkennen. Noch einmal sagte ich, ohne genau zu verstehen, warum ich es eigentlich tat: »Oh, er weint. Kuck mal, er weint.«

Da ließ mein Onkel den Arm meiner Mutter los, humpelte schnell und schwer zwei Schritte zurück, riß seinen Krückstock wie ein Schwert hoch und stach damit in den Himmel und brüllte mit der ganzen großartigen Kraft seines gewaltigen Körpers und seiner Kehle:

»Schischyphusch! Schischyphusch! Hörscht du? Auf Wiederschehen, alter Schischyphusch! Bisch nächschten Schonntag, dummesch Luder! Wiederschehen!«

Die beiden dicken Tränen wurden von den Falten, die sich jetzt über sein gutes braunes Gesicht zogen, zu nichts zerdrückt. Es waren Lachfalten und er hatte das ganze Gesicht voll davon. Noch einmal fegte er mit seinem Krückstock über den Himmel, als wollte er die Sonne herunterraken, und noch einmal donnerte er sein Riesenlachen über die Tische des Gartenlokals hin: »Schischyphusch! Schischyphusch!«

Und Schischyphusch, der kleine graue arme Kellner, wachte aus seinem Tod auf, hob seine Serviette und fuhr damit auf und ab wie ein wildgewordener Fensterputzer. Er wischte die ganze graue Welt, alle Gartenlokale der Welt, alle Kellner und alle Zungenfehler der Welt mit seinem Winken endgültig und für immer weg aus seinem Leben. Und er schrie schrill und überglücklich zurück, wobei er sich auf die Zehen stellte und ohne sein Fensterputzen zu unterbrechen:

»Ich verstehe! Bitte schehr! Am Schonntag! Ja, Wiederschehen! Am Schonntag, bitte schehr!«

Dann bogen wir um die Ecke. Mein Onkel griff wieder nach dem Arm meiner Mutter und sagte leise: »Ich weisch, esch war schicher entschetschlich für euch. Aber wasch schollte ich andersch tun, schag schelbscht. Scho'n dummer Hasche. Läuft nun schein ganschesch Leben mit scho einem garschtigen Schungenfehler herum. Armesch Luder dasch!«

Den Dichtern

Morgenrot! und: Hahnenschrei!
Die Nacht ist vorbei!
Brecht auf, ihr Lumpen,
fort mit den Humpen,
ihr Säufergesichter!
Morgenlichter
dämmern ringsum.
Die Nacht ist um!

Fort mit dem Becher!
Ans Werk jetzt, ihr Zecher,
zur Tat! Nun zeigt,
was Pan euch für Lieder gegeigt,
was die Nacht euch gelehrt:
Leierkasten oder Orgelkonzert!

Hahnenschrei! und: Morgenrot!
Die Nacht ist tot!

Sappho

Sieh, all Dein Öffnen an das Leben war
ein Lieben und ein trunknes Hingegeben.
O nimm den Bruder mit vor den Altar!
Wie Götter sich die Früchte zueinanderheben,

so küßt ihr euch. Zu den Plejaden
hinlacht die Seligkeit, die ihr beginnt.
Nun lösen Kleider sich an den Gestaden,
und Meer um schmale, weiße Brüste rinnt.

Hell perlend aus den kühlen Wellen
steigt auf ein Singen: Liebeslieder!
Und Düfte zart von euren Leibern quellen –
O küßt, Ihr Töchter, Sapphos schöne Glieder!

Da schreitest Du, O Göttin, selig hin –
geliebt und liebend – und hast allen Sinn.

Stadt, Stadt: Mutter zwischen Himmel und Erde

Hamburg

Hamburg!

Das ist mehr als ein Haufen Steine, Dächer, Fenster, Tapeten, Betten, Straßen, Brücken und Laternen. Das ist mehr als Fabrikschornsteine und Autogehupe – mehr als Möwengelächter, Straßenbahnschrei und das Donnern der Eisenbahnen – das ist mehr als Schiffssirenen, kreischende Kräne, Flüche und Tanzmusik – oh, das ist unendlich viel mehr.

Das ist unser Wille, zu sein. Nicht irgendwo und irgendwie zu sein, sondern hier und nur hier zwischen Alsterbach und Elbestrom zu sein – und nur zu sein, wie wir sind, wir in Hamburg.

Das geben wir zu, ohne uns zu schämen: Daß uns die Seewinde und die Stromnebel betört und behext haben, zu bleiben – hierzubleiben, hier zu bleiben! Daß uns der Alsterteich verführt hat, unsere Häuser reich und ringsherum zu bauen – und daß uns der Strom, der breite graue Strom verführt hat, unserer Sehnsucht nach den Meeren nachzusegeln, auszufahren, wegzuwandern, fortzuwehen – zu segeln, um wiederzukehren, wiederzukehren, krank und klein vor Heimweh nach unserm kleinen blauen

Teich inmitten der grünhelmigen Türme und grauroten Dächer.

Hamburg, Stadt: Steinwald aus Türmen, Laternen und sechsstöckigen Häusern; Steinwald, dessen Pflastersteine einen Waldboden mit singendem Rhythmus hinzaubern auf dem du selbst noch die Schritte der Gestorbenen hörst, nachts manchmal.

Stadt: Urtier, raufend und schnaufend, Urtier aus Höfen Glas und Seufzern, Tränen, Parks und Lustschreien – Urtier, mit blinkenden Augen im Sonnenlicht: silbrigen, öligen Fleeten! Urtier mit schimmernden Augen im Mondlicht: zittrigen, glimmernden Lampen!

Stadt: Heimat, Himmel, Heimkehr – Geliebte zwischen Himmel und Hölle, zwischen Meer und Meer; Mutter zwischen Wiesen und Watt, zwischen Teich und Strom; Engel zwischen Wachen und Schlaf, zwischen Nebel und Wind: Hamburg!

Und deswegen sind wir den Anderen verwandt, denen, die in Haarlem, Marseille, Frisco und Bombay, Liverpool und Kapstadt sind – und die Haarlem, Marseille, Frisco und Kapstadt so lieben, wie wir unsere Straßen lieben, unsern Strom und den Hafen, unsere Möwen, den Nebel, die Nächte und unsere Frauen.

Ach, unsere Frauen, denen die Möwenflügel die Locken durcheinandertoben – oder war es der Wind? Nein, der

Wind ist es, der den Frauen keine Ruhe gibt – an den Röcken nicht und an den Locken nicht. Dieser Wind, der den Matrosen auf See und im Hafen ihre Abenteuer ablauert und dann unsere Frauen verführt mit seinem Singsang von Ferne, Heimweh, Ausfahrt und Tränen – Heimkehr und sanften, süßen, stürmischen Umarmungen.

Unsere Frauen in Hamburg, in Haarlem, Marseille, Frisco und Bombay, in Liverpool und Kapstadt – und in Hamburg, in Hamburg! Wir kennen sie so und lieben sie so, wenn der Wind uns ihre Knie mit einem frechen Pfiff für zwei Sekunden verschenkt, wenn er uns eine unerwartete Zärtlichkeit spendiert und uns eine weiche Locke gegen die Nase weht: Lieber herrlicher Hamburger Wind!

Hamburg!

Das ist mehr als ein Haufen Steine, unaussprechlich viel mehr! Das sind die erdbeerüberladenen, apfelblühenden Wiesen an den Ufern des Elbestromes – das sind die blumenüberladenen, backfischblühenden Gärten der Villen an den Ufern des Alsterteiches.

Das sind weiße, gelbe, sandfarbene und hellgrüne flache Lotsenhäuser und Kapitänsnester an den Hügeln von Blankenese. Aber das sind auch die schmutzigen schlampigen lärmenden Viertel der Fabriken und Werften mit Schmierfettgestank, Teergeruch und Fischdunst und Schweißatem. Oh – das ist die nächtliche Süße der Parks an der Alster und in den Vorstädten, wo die Hamburger, die echten Hamburger, die nie vor die Hunde gehen und immer richtigen Kurs haben, in den seligen sehnsüchtigen Nächten der Liebe gemacht werden. Und die ganz großen Glückskinder werden auf einem kissenduftenden, fröscheumquakten Boot auf der mondenen Alster in dieses unsterbliche Leben hineingeschaukelt!

Hamburg!

Das sind die tropischen tollen Bäume, Büsche und Blumen des Mammutfriedhofes, dieses vögeldurchjubelten gepflegtesten Urwaldes der Welt, in dem die Toten ihren Tod verträumen und ihren ganzen Tod hindurch von den Möwen, den Mädchen, Masten und Mauern, den Maiabenden und Meerwinden phantasieren. Das ist kein karger militärischer Bauernfriedhof, wo die Toten (in Reih und Glied und in Ligusterhecken gezwungen, mit Primeln und Rosenstöcken wie mit Orden besteckt) auf die Lebenden aufpassen und teilnehmen müssen an dem Schweiß und dem Schrei der Arbeitenden und Gebärenden – ach, die können ihren Tod nicht genießen! Aber in Ohlsdorf – da schwatzen die Toten, die unsterblichen Toten, vom unsterblichen Leben! Denn die Toten vergessen das Leben nicht – und sie können die Stadt, ihre Stadt, nicht vergessen!

Hamburg!

Das sind diese ergrauten, unentbehrlichen, unvermeidlichen Unendlichkeiten der untröstlichen Straßen, in denen wir alle geboren sind und in denen wir alle eines Tages sterben müssen – und das ist doch unheimlich viel mehr als nur ein Haufen Steine!

Gehe hindurch und blähe deine Nasenlöcher wie Pferdenüstern: Das ist der Geruch des Lebens! Windeln, Kohl, Plüschsofa, Zwiebeln, Benzin, Mädchenträume, Tischlerleim, Kornkaffee, Katzen, Geranien, Schnaps, Autogummi, Lippenstift – Blut und Schweiß – Geruch der Stadt, Atem des Lebens: Mehr, mehr als ein Haufen Steine! Das ist Tod und Leben, Arbeit, Schlaf, Wind und Liebe, Tränen und Nebel!

Das ist unser Wille, zu sein: Hamburg!

Der Kuß

Es regnet – doch sie merkt es kaum,
weil noch ihr Herz vor Glück erzittert:
Im Kuß versank die Welt im Traum.
Ihr Kleid ist naß und ganz zerknittert

und so verächtlich hochgeschoben,
als wären ihre Knie für alle da.
Ein Regentropfen, der zu Nichts zerstoben,
der hat gesehn, was niemand sonst noch sah.

So tief hat sie noch nie gefühlt –
so sinnlos selig müssen Tiere sein!
Ihr Haar ist wie zu einem Heiligenschein zerwühlt –
Laternen spinnen sich drin ein.

Brief aus Rußland

Man wird tierisch.
Das macht die eisenhaltige
Luft. Aber das faltige
Herz fühlt manchmal noch lyrisch.
Ein Stahlhelm im Morgensonnenschimmer.
Ein Buchfink singt und der Helm rostet.
Was wohl zu Hause ein Zimmer
mit Bett und warm Wasser kostet?
Wenn man nicht so müde wär!

Aber die Beine sind schwer.
Hast du noch ein Stück Brot?
Morgen nehmen wir den Wald.
Aber das Leben ist hier so tot.
Selbst die Sterne sind fremd und kalt.
Und die Häuser sind
so zufällig gebaut.
Nur manchmal siehst du ein Kind,
das hat wunderbare Haut.

Das Brot

Plötzlich wachte sie auf. Es war halb drei. Sie überlegte, warum sie aufgewacht war. Ach so! In der Küche hatte jemand gegen einen Stuhl gestoßen. Sie horchte nach der Küche. Es war still. Es war zu still und als sie mit der Hand über das Bett neben sich fuhr, fand sie es leer. Das war es, was es so besonders still gemacht hatte: sein Atem fehlte. Sie stand auf und tappte durch die dunkle Wohnung zur Küche. In der Küche trafen sie sich. Die Uhr war halb drei, Sie sah etwas Weißes am Küchenschrank stehen. Sie machte Licht. Sie standen sich im Hemd gegenüber. Nachts. Um halb drei. In der Küche.

Auf dem Küchentisch stand der Brotteller. Sie sah, daß er sich Brot abgeschnitten hatte. Das Messer lag noch neben dem Teller. Und auf der Decke lagen Brotkrümel. Wenn sie abends zu Bett gingen, machte sie immer das Tischtuch sauber. Jeden Abend. Aber nun lagen Krümel auf dem Tuch. Und das Messer lag da. Sie fühlte, wie die Kälte der Fliesen langsam an ihr hochkroch. Und sie sah von dem Teller weg.

»Ich dachte, hier wäre was«, sagte er und sah in der Küche umher.

»Ich habe auch was gehört«, antwortete sie und dabei fand sie, daß er nachts im Hemd doch schon recht alt aussah. So alt wie er war. Dreiundsechzig. Tagsüber sah er manchmal jünger aus. Sie sieht doch schon alt aus, dachte er, im Hemd sieht sie doch ziemlich alt aus. Aber das liegt vielleicht an den Haaren. Bei den Frauen liegt das nachts immer an den Haaren. Die machen dann auf einmal so alt.

»Du hättest Schuhe anziehen sollen. So barfuß auf den kalten Fliesen. Du erkältest dich noch.«

Sie sah ihn nicht an, weil sie nicht ertragen konnte, daß er log: Daß er log, nachdem sie neununddreißig Jahre verheiratet waren.

»Ich dachte, hier wäre was«, sagte er noch einmal und sah wieder so sinnlos von einer Ecke in die andere, »ich hörte hier was. Da dachte ich, hier wäre was.«

»Ich hab auch was gehört. Aber es war wohl nichts.« Sie stellte den Teller vom Tisch und schnippte die Krümel von der Decke.

»Nein, es war wohl nichts«, echote er unsicher.

Sie kam ihm zu Hilfe: »Komm man. Das war wohl draußen. Komm man zu Bett. Du erkältest dich noch. Auf den kalten Fliesen.«

Er sah zum Fenster hin. »Ja, das muß wohl draußen gewesen sein. Ich dachte, es wäre hier.«

Sie hob die Hand zum Lichtschalter. Ich muß das Licht jetzt ausmachen, sonst muß ich nach dem Teller sehen, dachte sie. Ich darf doch nicht nach dem Teller sehen. »Komm man«, sagte sie und machte das Licht aus, »das war wohl draußen. Die Dachrinne schlägt immer bei Wind gegen die Wand. Es war sicher die Dachrinne. Bei Wind klappert sie immer.« Sie tappten sich beide über den. dunklen Korridor zum Schlafzimmer. Ihre nackten Füße platschten auf den Fußboden.

»Wind ist ja«, meinte er. »Wind war schon die ganze Nacht.« Als sie im Bett lagen, sagte sie: »Ja, Wind war schon die ganze Nacht. Es war wohl die Dachrinne.«

»Ja, ich dachte, es wäre in der Küche. Es war wohl die Dachrinne.« Er sagte das, als ob er schon halb im Schlaf wäre.

Aber sie merkte, wie unecht seine Stimme klang, wenn er log.

»Es ist kalt«, sagte sie und gähnte leise, »ich krieche unter die Decke. Gute Nacht.«

»Nacht«, antwortete er und noch: »ja, kalt ist es schon ganz schön.«

Dann war es still. Nach vielen Minuten hörte sie, daß leise und vorsichtig kaute. Sie atmete absichtlich tief und gleichmäßig, damit er nicht merken sollte, daß sie noch wach war. Aber sein Kauen war so regelmäßig, daß sie davon langsam einschlief.

Als er am nächsten Abend nach Hause kam, schob sie ihm vier Scheiben Brot hin. Sonst hatte er immer nur drei essen können.

»Du kannst ruhig vier essen«, sagte sie und ging von der Lampe weg. »Ich kann dieses Brot nicht so recht vertragen. Iß du man eine mehr. Ich vertrag es nicht so gut.«

Sie sah, wie er sich tief über den Teller beugte. Er sah nicht auf. In diesem Augenblick tat er ihr leid.

»Du kannst doch nicht nur zwei Scheiben essen«, sagte er auf seinen Teller.

»Doch. Abends vertrag ich das Brot nicht gut. Iß man. Iß man.«

Erst nach einer Weile setzte sie sich unter die Lampe an den Tisch.

Nachts schlafen die Ratten doch

Das hohle Fenster in der vereinsamten Mauer gähnte blaurot voll früher Abendsonne. Staubgewölke flimmerte zwischen den steilgereckten Schornsteinresten. Die Schuttwüste döste.

Er hatte die Augen zu. Mit einmal wurde es noch dunkler. Er merkte, daß jemand gekommen war und nun vor ihm stand, dunkel, leise. Jetzt holen sie mich! dachte er. Aber als er ein bißchen blinzelte, sah er nur zwei etwas ärmlich behoste Beine. Die standen ziemlich krumm vor ihm, daß er zwischen ihnen hindurchsehen konnte. Er riskierte ein kleines Geblinzel an den Hosenbeinen hoch und erkannte einen älteren Mann. Der hatte ein Messer und einen Korb in der Hand. Und etwas Erde an den Fingerspitzen.

Du schläfst hier wohl, was? fragte der Mann und sah von oben auf das Haargestrüpp herunter. Jürgen blinzelte zwischen den Beinen des Mannes hindurch in die Sonne und sagte: Nein, ich schlafe nicht. Ich muß hier aufpassen. Der Mann nickte: So, dafür hast du wohl den großen Stock da?

Ja, antwortete Jürgen mutig und hielt den Stock fest.

Worauf paßt du denn auf?

Das kann ich nicht sagen. Er hielt die Hände fest um den Stock. Wohl auf Geld, was? Der Mann setzte den Korb ab und wischte das Messer an seinem Hosenboden hin und her.

Nein, auf Geld überhaupt nicht, sagte Jürgen verächtlich. Auf ganz etwas anderes.

Na, was denn?

Ich kann es nicht sagen. Was anderes eben.

Na, denn nicht. Dann sag ich dir natürlich auch nicht, was ich hier im Korb habe. Der Mann stieß mit dem Fuß an den Korb und klappte das Messer zu.

Pah, kann mir denken, was in dem Korb ist, meinte Jürgen geringschätzig, Kaninchenfutter.

Donnerwetter, ja! sagte der Mann verwundert, bist ja ein fixer Kerl. Wie alt bist du denn?

Neun.

Oha, denk mal an, neun also. Dann weißt du ja auch, wieviel drei mal neun sind, wie?

Klar, sagte Jürgen und um Zeit zu gewinnen, sagte er noch: Das ist ja ganz leicht. Und er sah durch die Beine des Mannes hindurch. Dreimal neun, nicht? fragte er noch mal, siebenundzwanzig. Das wußte ich gleich.

Stimmt, sagte der Mann, genau soviel Kaninchen habe ich.

Jürgen machte einen runden Mund: Siebenundzwanzig?

Du kannst sie sehen. Viele sind noch ganz jung. Willst du?

Ich kann doch nicht. Ich muß doch aufpassen, sagte Jürgen unsicher.

Immerzu? fragte der Mann, nachts auch?

Nachts auch. Immerzu. Immer. Jürgen sah an den krummen Beinen hoch. Seit Sonnabend schon, flüsterte er.

Aber gehst du denn gar nicht nach Hause? Du mußt doch essen.

Jürgen hob einen Stein hoch. Da lag ein halbes Brot. Und eine Blechschachtel.

Du rauchst? fragte der Mann, hast du denn eine Pfeife?

Jürgen faßte seinen Stock fest an und sagte zaghaft: Ich drehe. Pfeife kann ich nicht ab.

Schade, der Mann bückte sich zu seinem Korb, die Kaninchen hättest du ruhig mal ansehen können. Vor allem die Jungen. Vielleicht hättest du dir eines ausgesucht. Aber du kannst hier ja nicht weg.

Nein, sagte Jürgen traurig, nein nein.

Der Mann nahm den Korb und richtete sich auf. Na ja, wenn du hierbleiben mußt – schade. Und er drehte sich um. Wenn du mich nicht verrätst, sagte Jürgen da schnell, es ist wegen den Ratten.

Die krummen Beine kamen einen Schritt zurück: Wegen den Ratten?

Ja, die essen doch von Toten. Von Menschen. Da leben sie doch von.

Wer sagt das?

Unser Lehrer.

Und du paßt nun auf die Ratten auf? fragte der Mann.

Auf die doch nicht! Und dann sagte er ganz leise: Mein Bruder, der liegt nämlich da unter. Da. Jürgen zeigte mit dem Stock auf die zusammengesackten Mauern. Unser Haus kriegte eine Bombe. Mit einmal war das Licht weg im

Keller. Und er auch. Wir haben noch gerufen. Er war viel kleiner als ich. Erst vier. Er muß hier ja noch sein. Er ist doch viel kleiner als ich.

Der Mann sah von oben auf das Haargestrüpp. Aber dann sagte er plötzlich: Ja, hat euer Lehrer euch denn nicht gesagt, daß die Ratten nachts schlafen?

Nein, flüsterte Jürgen und sah mit einmal ganz müde aus, das hat er nicht gesagt.

Na, sagte der Mann, das ist aber ein Lehrer, wenn er das nicht mal weiß. Nachts schlafen die Ratten doch. Nachts kannst du ruhig nach Hause gehen. Nachts schlafen sie immer. Wenn es dunkel wird, schon.

Jürgen machte mit seinem Stock kleine Kuhlen in den Schutt.

Lauter kleine Betten sind das, dachte er, alles kleine Betten. Da sagte der Mann (und seine krummen Beine waren ganz unruhig dabei): Weißt du was? Jetzt füttere ich schnell meine Kaninchen und wenn es dunkel wird, hole ich dich ab. Vielleicht kann ich eins mitbringen. Ein kleines, oder was meinst du?

Jürgen machte kleine Kuhlen in den Schutt. Lauter kleine Kaninchen. Weiße, graue, weißgraue. Ich weiß nicht, sagte er leise und sah auf die krummen Beine, wenn sie wirklich schlafen.

Der Mann stieg über die Mauerreste weg auf die Straße. Natürlich, sagte er von da, euer Lehrer soll einpacken, wenn er das nicht mal weiß.

Da stand Jürgen auf und fragte: Wenn ich eins kriegen kann? Ein weißes vielleicht?

Ich will mal versuchen, rief der Mann schon im Weggehen, aber du mußt hier solange warten. Ich gehe dann mit dir nach Hause, weißt du? Ich muß deinem Vater doch sagen, wie so ein Kaninchenstall gebaut wird. Denn das müßt ihr ja wissen.

Ja, rief Jürgen, ich warte. Ich muß ja noch aufpassen, bis es dunkel wird. Ich warte bestimmt. Und er rief: Wir haben auch noch Bretter zu Hause. Kistenbretter, rief er.

Aber das hörte der Mann schon nicht mehr. Er lief mit seinen krummen Beinen auf die Sonne zu. Die war schon rot vom Abend und Jürgen konnte sehen, wie sie durch die Beine hindurchschien, so krumm waren sie. Und der Korb schwenkte aufgeregt hin und her. Kaninchenfutter war da drin. Grünes Kaninchenfutter, das war etwas grau vom Schutt.

Abendlied

Warum, ach sag, warum
geht nun die Sonne fort?
Schlaf ein, mein Kind, und träume sacht,
das kommt wohl von der dunklen Nacht,
da geht die Sonne fort.

Warum, ach sag, warum
wird unsere Stadt so still?
Schlaf ein, mein Kind, und träume sacht,
das kommt wohl von der dunklen Nacht,
weil sie dann schlafen will.

Warum, ach sag, warum
brennt die Laterne so?
Schlaf ein, mein Kind, und träume sacht,
das kommt wohl von der dunklen Nacht,
da brennt sie lichterloh!

Warum, ach, sag, warum
gehn manche Hand in Hand?
Schlaf ein, mein Kind, und träume sacht,
das kommt wohl von der dunklen Nacht,
da geht man Hand in Hand.

Warum, ach sag, warum
ist unser Herz so klein?
Schlaf ein, mein Kind, und träume sacht,
das kommt wohl von der dunklen Nacht,
da sind wir ganz allein.

Dann gibt es nur eins!

Du. Mann an der Maschine und Mann in der Werkstatt. Wenn sie dir morgen befehlen, du sollst keine Wasserrohre und keine Kochtöpfe mehr machen – sondern Stahlhelme und Maschinengewehre, dann gibt es nur eins:

Sag NEIN!

Du. Mädchen hinterm Ladentisch und Mädchen im Büro. Wenn sie dir morgen befehlen, du sollst Granaten füllen und Zielfernrohre für Scharfschützengewehre montieren, dann gibt es nur eins:

Sag NEIN!

Du. Besitzer der Fabrik. Wenn sie dir morgen befehlen, du sollst statt Puder und Kakao Schießpulver verkaufen, dann gibt es nur eins:

Sag NEIN!

Du. Forscher im Laboratorium. Wenn sie dir morgen befehlen, du sollst einen neuen Tod erfinden gegen das alte Leben, dann gibt es nur eins:

Sag NEIN!

Du. Dichter in deiner Stube. Wenn sie dir morgen befehlen, du sollst keine Liebeslieder, du sollst Haßlieder singen, dann gibt es nur eins:

Sag NEIN!

Du. Arzt am Krankenbett. Wenn sie dir morgen befehlen, du sollst die Männer kriegstauglich schreiben, dann gibt es nur eins:

NEIN
NEIN
NEIN
NEIN
NEIN
NEIN
NEIN
NEIN
NEIN
NEIN
NEIN
NEIN
NEIN
NEIN
NEIN
NEIN
NEIN
NEIN
NEIN
NEIN

Sag NEIN!

Du. Pfarrer auf der Kanzel. Wenn sie dir morgen befehlen, du sollst den Mord segnen und den Krieg heilig sprechen, dann gibt es nur eins:

Sag NEIN!

Du. Kapitän auf dem Dampfer. Wenn sie dir morgen befehlen, du sollst keinen Weizen mehr fahren – sondern Kanonen und Panzer, dann gibt es nur eins:

Sag NEIN!

Du. Pilot auf dem Flugfeld. Wenn sie dir morgen befehlen, du sollst Bomben und Phosphor über die Städte tragen, dann gibt es nur eins:

Sag NEIN!

Du. Schneider auf deinem Brett. Wenn sie dir morgen befehlen, du sollst Uniformen zuschneiden, dann gibt es nur eins:

Sag NEIN!

Du. Richter im Talar. Wenn sie dir morgen befehlen, du sollst zum Kriegsgericht gehen, dann gibt es nur eins:

Sag NEIN!

Du. Mann auf dem Bahnhof. Wenn sie dir morgen befehlen, du sollst das Signal zur Abfahrt geben für den Munitionszug und für den Truppentransport, dann gibt es nur eins:

Sag NEIN!

Du. Mann auf dem Dorf und Mann in der Stadt. Wenn sie morgen kommen und dir den Gestellungsbefehl bringen, dann gibt es nur eins:

Sag NEIN!

Du. Mutter in der Normandie und Mutter in der Ukraine, Mutter in Frisko und London, du, am Hoangho und am Mississippi, du, Mutter in Neapel und Hamburg und Kairo und Oslo – Mütter in allen Erdteilen, Mütter in der Welt, wenn sie morgen befehlen, ihr sollt Kinder gebären, Krankenschwestern für Kriegslazarette und Soldaten für neue Schlachten, Mütter in der Welt, dann gibt es nur eins:

Sagt NEIN! Mütter, sagt NEIN!

Denn wenn ihr nicht NEIN sagt, wenn IHR nicht nein sagt, Mütter, dann:

dann:

In den lärmenden dampfdunstigen Hafenstädten werden die großen Schiffe stöhnend verstummen und wie titanische Mammutkadaver wasserleichig träge gegen die toten vereinsamten Kaimauern schwanken, algen-, tang- und muschelüberwest den früher so schimmernden dröhnenden Leib, friedhöflich fischfaulig duftend, mürbe, siech, gestorben –

die Straßenbahnen werden wie sinnlose glanzlose glasäugige Käfige blöde verbeult und abgeblättert neben den verwirrten Stahlskeletten der Drähte und Gleise liegen, hinter morschen dachdurchlöcherten Schuppen, in verlorenen kraterzerrissenen Straßen –

eine schlammgraue dickbreiige bleierne Stille wird sich heranwälzen, gefräßig, wachsend, wird anwachsen in den Schulen und Universitäten und Schauspielhäusern, auf

Sport- und Kinderspielplätzen, grausig und gierig, unaufhaltsam –

der sonnige saftige Wein wird an den verfallenen Hängen verfaulen, der Reis wird in der verdorrten Erde vertrocknen, die Kartoffel wird auf den brachliegenden Äckern erfrieren und die Kühe werden ihre totsteifen Beine wie umgekippte Melkschemel in den Himmel strecken –

in den Instituten werden die genialen Erfindungen der großen Ärzte sauer werden, verrotten, pilzig verschimmeln –

in den Küchen, Kammern und Kellern, in den Kühlhäusern und Speichern werden die letzten Säcke Mehl, die letzten Gläser Erdbeeren, Kürbis und Kirschsaft verkommen – das Brot unter den umgestürzten Tischen und auf zersplitterten Tellern wird grün werden und die ausgelaufene Butter wird stinken wie Schmierseife, das Korn auf den Feldern wird neben verrosteten Pflügen hingesunken sein wie ein erschlagenes Heer und die qualmenden Ziegelschornsteine, die Essen und die Schlote der stampfenden Fabriken werden, vom ewigen Gras zugedeckt, zerbröckeln – zerbröckeln – zerbröckeln –

dann wird der letzte Mensch, mit zerfetzten Gedärmen und verpesteter Lunge, antwortlos und einsam unter der giftig glühenden Sonne und unter wankenden Gestirnen umherirren, einsam zwischen den unübersehbaren Massengräbern und den kalten Götzen der gigantischen betonklotzigen verödeten Städte, der letzte Mensch, dürr, wahnsinnig, lästernd, klagend – und seine furchtbare Klage: WARUM? wird ungehört in der Steppe verrinnen, durch die geborstenen Ruinen wehen, versickern im Schutt der Kirchen, gegen Hochbunker klatschen, in Blutlachen fallen, ungehört, antwortlos, letzter Tierschrei des letzten Tieres Mensch – all dieses wird eintreffen, morgen, morgen vielleicht, vielleicht heute nacht schon, vielleicht heute nacht, wenn –– wenn ––

wenn ihr nicht NEIN sagt.

Borchert – Denkanstöße

Mitte der dreißiger Jahre nimmt Mutter Hertha den Jugendlichen Wolfgang mit ins Hamburger Schauspielhaus: Gustaf Gründgens als Hamlet!

Der sonst eher kesse Junge ist aufgewühlt, seine Mutter ratlos. Ende der Sechzigerjahre erinnert sie sich in ihrer unveröffentlichten Autobiografie *Vergangenes Leben* an die Bedeutung dieses Theatererlebnisses für Wolfgang: Es war der Auslöser seines Wunsches, Schauspieler zu werden. Vorerst teilt er mit anderen das Schicksal jugendlichen Ungestüms, sogar gefährlich politisch, »verwünschte die Spießergeneration, die den Dung lieferte, auf dem ein Hitler wachsen und gedeihen konnte«. Er lässt sich aber auch vom Klang der Verse Rilkes oder von denen antiker Dichterinnen wie Sappho berauschen, schreibt selbst welche für die Mädchen seiner Wahl. Inspiriert ist er wohl auch von dem Miteinander im dadaistischen »Bohèmekreis«, dem seine Eltern, Lehrer Fritz Borchert und Schriftstellerin Hertha Borchert, seit Beginn ihrer Ehe angehören.

Dennoch wünschen die beiden sich für ihren Sohn etwas Handfestes. Sie nötigen ihn in eine Buchhändlerlehre, neben der er bei Helmuth Gmelin Schauspielunterricht nimmt. Während er die Lehre abbricht, schließt er die Schauspielausbildung mit zwanzig Jahren erfolgreich ab. Seine Karriere als Schauspieler dauert jedoch nicht lang an – nur von April bis Juni 1941. Sein erstes Engagement in Lüneburg endet jäh mit dem Gestellungsbefehl. Aus dem Traumberuf in den Kriegshorror. Wolfgang kehrt schwer verletzt an Leib und Seele am 10. Mai 1945 heim. Diese Erfahrung verarbeitet er später in der Figur des Beckmann in seinem bekannten und einflussreichen Drama *Draußen vor der Tür.*

Zunächst sorgen seine Eltern in der Mangelwirtschaft des zertrümmerten Hamburgs vor allem für notwendige Lebensmittel. Immerhin gibt es aus Mutters ländlicher Heimat Kirchwerder frisches Obst und Gemüse. Doch es hilft alles nicht. Wolfgang kann nicht mehr, versucht mit letzten Kräften auf der Bühne zu bestehen, bricht zusammen. Monatelang liegt er in der Klinik – im Dreibettzimmer. Dort nun beginnt er zu schreiben, Prosa, nennt es selbst »Schreiben als Beitrag zum Lebensunterhalt«.

Er findet seine literarische Form und hat im Januar 1946 ersten Erfolg mit dem Presseabdruck der Gefängniserzählung *Die Hundeblume.*

Der Arzt gibt ihm höchstens noch ein Jahr und entlässt ihn aus dem Krankenhaus. Zuhause entwickelt sich eine Dynamik aus dem Wechsel von Krankheitsschüben und Entspannung. Geschrieben wird auf Altpapierresten, Schnipseln, halbliegend, im Fieber und in den kurzen Verschonungen. Sein Vater tippt es anschließend auf die kostbaren Bogen Schreibpapier, sodass im Dezember

1946 Wolfgang Borcherts erste selbständige Publikation erscheint. *Laterne, Nacht und Sterne*, ein zwanzigseitiger Zyklus mit ausgewählten Jugendwerken, die sein eigener kritischer Blick hatte durchgehen lassen. Auch literarisch versierte Freunde bestätigen den vierzehn Gedichten die »Unmittelbarkeit dichterischen Ausdrucks. Sie sind nicht nachempfunden, sie kopieren keine Vorbilder, sie sind Borcherts Eigentum«.

Auf das schmale Werk folgen zwei Erzählbände, *Die Hundeblume* und *An diesem Dienstag*. »Wolfgang hatte seinen Platz unter den Nachkriegsdichtern eingenommen«, stellt seine Mutter angesichts der öffentlichen Resonanz fest. Für die Familie heißt das, vielfältige Kontakte zu managen, zusätzlich zu den Strapazen der Pflege des todkranken Sohnes im Kältewinter mit Strom- und Gassperren.

Dann der Impuls zum Schreiben. »Man muss seinem kranken Körper etwas zumuten, ehe man unterliegt«, zitiert die Mutter. Acht Tage später ist das Stück *Draußen vor der Tür* und liegt von Wolfgang Borcherts Vater sauber abgeschrieben und als Manuskript eingerichtet vor. Am Sonntag darauf liest Wolfgang drei Stunden den Freunden vor, »das ganze Stück, die Stimmen gegeneinander abgesetzt, wie es gesprochen werden sollte, wenn es jemals zu einer Aufführung kam«. Es verschlägt ihnen die Sprache. Sie drücken ihm die Hand, fassen ihn um die Schulter und gehen.

Der junge Autor Borchert erhält plötzlich große Aufmerksamkeit. Der Chefdramaturg des NWDR Ernst Schnabel sendet das Stück wenige Wochen später mit ungeheurer Resonanz als Hörspiel. Theaterlegende Ida Ehre hat es sich schon für ihre *Kammerspiele* gesichert, Ernst Rowohlt die Rechte für seinen Verlag. Aus dem Ausland kommen Übersetzungsangebote, der Buchhandel verkauft seine Bücher im Handumdrehen – Wolfgang Borchert ist Thema, sogar Anfang Oktober 1947 auf dem Ersten Deutschen Schriftstellerkongress in West-Berlin. Da liegt Borchert aber schon in Basel im Spital und wird in wenigen Tagen einen Text als Prolog zu einem Hörspiel von Axel Eggebrecht schreiben. Dieser Text wird allgemein als Borcherts »Vermächtnis« beschrieben werden, sein Antikriegs-Appell, der heute noch und wieder brandaktuell ist: »Dann gibt es nur eins: Sag nein!«

Das sind die letzten Worte, die er schreibt. Am 20. November stirbt Wolfgang Borchert in Basel. Einen Tag später wird sein Drama *Draußen vor der Tür* in Hamburg uraufgeführt, in den von Ida Ehre geleiteten Kammerspielen, vor einem erschütterten Publikum.

Über Wolfgang Borcherts Werkgeschichte ist sich die Kritik weitgehend einig: Sie beginnt erst mit der Prosa. »Gespür für Sprachmelodie und Rhythmus« gesteht Michael Töteberg schon den Jugendsünden zu, die Borchert recht bald selbst bespottet hatte. Die Lyrik, die es in die Werkausgabe schafft, ist verspielt, sogar wenn der Tod Teil des Spiels ist wie im »Laternentraum«. Ihre Form ähnelt manchmal Posts, wie sie heute in den sozialen Medien mit jugendlicher Gestaltungslust emotional auf den Punkt gebracht werden. Seine erste Prosa, *Die Hundeblume*, zeigt trotz des eher öden Ortes – Gefängniszelle und -hof – Leichtigkeit im Erzählen mit munteren Assoziationen und Bewertungen. In *Nachts schlafen die Ratten doch*, einem Geburtstagsgeschenk für seinen Vater und zugleich eine der wenigen erhaltenen Handschriften, tritt eine große Empathie für seine Protagonisten zutage. Ähnlich wie in der Kurzgeschichte *Das Brot*, die, wie Heinrich Böll lobt, »ohne Erläuterung moralischer Wahrheiten (...) erzählt, indem sie darstellt«.

Mutter Hertha bedrückt die Tristesse der meisten Geschichten. »Eines Morgens, als er mit Fieber im Bett lag«, appelliert sie: »Tu mir den Gefallen, und nimm ein anderes Thema, wenn Du schreiben musst. Du kannst etwas leichtes, etwas lustiges schreiben ...«. Der Sohn tut es: »Eines Morgens ›Hier hast Du Deine lustige Geschichte‹, sagte er, ›Schischyphusch‹. Ja, es war unsere Geschichte, die mit meinem Bruder. (...) Ich weinte. ›Was denkst Du, was wird Onkel Hans dazu sagen‹, sagte er. Und wir lachten dann beide.«

In so mancher Deutschstunde hat dieses explosive Lautspiel Verspannungen gelöst mit seinen Alliterationen bis zum Exzess, den Sprachschöpfungen und rhythmischen Dopplungen: zwei kurze Zungen, die kriegsverletzte seines

Onkels und der Geburtsfehler des Kellners. Den Defekt integriert der eine, ihm ausgeliefert ist der andere – im Gartenlokal schließlich vereint unter Tränen!

Wie hatte die Kollegin Anneliese Wiener auf dem Schriftstellerkongress gerufen? »Eine ausgezeichnete Novelle! Wo bleibt das Buch, wo bleibt die Sammlung?« Zuruf, wahrscheinlich von Ernst Rowohlt: »Sie ist inzwischen erschienen!«

Auch im Band *An diesem Dienstag*, dessen Titelgeschichte Friedens-Egoismen und Kriegs-Erleben kontrastiert, verarbeitet Wolfgang Borchert Erlebtes und Erlittenes, übersetzt es ins Allgemeine.

Seiner Stilmittel, die Aufsehen erregen, ist er sich längst sicher, legt aber beherzt los mit Wendungen jenseits des Dudens. So heißt es in *Das ist unser Manifest*:

> Wir brauchen keine Dichter mit guter Grammatik. Zu guter Grammatik fehlt uns Geduld. Wir brauchen die mit dem heißen heiser geschluchzten Gefühl. Die zu Baum Baum und zu Weib Weib sagen und ja sagen und nein sagen: laut und deutlich und dreifach und ohne Konjunktiv. (…) Und die Nacht ist voll Tod: Unsere Nacht. Denn unser Schlaf ist voll Schlacht. Unsere Nacht ist im Traumtod voller Gefechtslärm. Und die nachts bei uns bleiben, die lilanen Mädchen, die wissen das und morgens sind sie noch blass von der Not unserer Nacht.

Er garniert die Lautmalerei mit Sarkasmus und Lakonie, deren Verankerung in der Wirklichkeit vor dichterischer Effekthascherei bewahrt.

Seine sprachliche Eigenwilligkeit hat unter anderem familiäre Ursprünge: Er wächst auf mit einem Lehrervater und einer Dichtermutter, die in dadaistischen Künstlerkreisen verkehren, aber auch Plattdeutsch sprechen. Mutter Hertha schreibt bis Kriegsende niederdeutsche Kurzgeschichten für Radio und Zeitungen, die von Literaten gern geringschätzig bewertet werden, aber wertvolle Zeitdokumente sind, da sie wirkliches Leben differenziert abbilden. Ihren einzigen Roman, *Barber Wulfen. Een Geschich vun grote un lütte Veerlanner Lüüd*, schrieb sie Anfang der Dreißigerjahre, als Wolfgang Borchert zehn Jahre alt war. »An meiner Schreiberei hatte er kaum Interesse«, notiert sie, aber in einem späteren Brief während seines Kriegseinsatzes in der Sowjetunion bittet er: »Kann Mutti mir eine Geschichte von sich schicken?«

Borchert hat also eine bunte Sprachprägung mitbekommen, bi't Huus op Platt, auf der Bühne Hochdeutsch – die Mischung ergibt in Hamburg das »Missingsch« mit der typischen Vernachlässigung grammatikalischer Regeln, was eine besondere Nähe erzeugt. Er schreibt so empathisch auf Hochdeutsch wie Mutter Hertha auf Niederdeutsch.

Zur Intensität seines Ausdrucks gehört auch die Musikalität seiner Sprache: In den Vierzigern, dem Swing verbunden, spielen Schlager wie Evelyn Künnekes *Sing Nachtigall, sing* zu Hause eine Rolle. Die »Magie des Klanges« verbindet ihn aber auch mit seiner Schauspielzeit, erhält seinen Lebens- und Schreibwillen – bis zum Schluss.

Ada-Verena Gass

Unter Verwendung von

Borchert, Wolfgang: Das Gesamtwerk, Rowohlt 1949, mit einem biographischen Nachwort von Bernhard Meyer-Marwitz

Borchert, Wolfgang: Das Gesamtwerk, Rowohlt 2009, herausgegeben von Michael Töteberg unter Mitarbeit von Irmgard Schindler

Borchert, Hertha: Vergangenes Leben, unveröff. Ms., o. J., ca. 1968–1970, Staats- und Universitätsbibliothek Carl von Ossietzky, Hamburg

Gass, Ada-Verena: Wolfgang Borchert wäre 100 Jahre alt. Zu Ursprüngen und Entwicklungen seiner Familie, Hamburg 2021, Privatedition

Biografisches zu Wolfgang Borchert

1921 Wolfgang Borchert wird am 20. Mai in Hamburg-Eppendorf geboren. Seine Eltern sind die Schriftstellerin Hertha Borchert und der Lehrer Fritz Borchert.

1928 Borchert wird in die Eppendorfer Erikaschule eingeschult.

1932 Er wechselt zur Oberrealschule Eppendorf.

1936 Borchert verfasst erste Gedichte, Vorbilder sind u. a. Rainer Maria Rilke, Friedrich Hölderlin, Gottfried Benn, Georg Trakl.

1937 Er wird konfirmiert. Im Thalia Theater prägt Gustaf Gründgens in der Rolle des Hamlet seine Leidenschaft fürs Theater.

1938 Im *Hamburger Anzeiger* wird sein Gedicht *Reiterlied* abgedruckt. Er schreibt sein erstes Drama, *Yorick der Narr*. Die Schule verlässt er ohne Abschluss.

1939 Borchert beginnt auf Wunsch seiner Eltern eine Buchhändlerlehre und nimmt gleichzeitig Schauspielunterricht. Gemeinsam mit seinem Freund Günter Mackenthun schreibt er die Komödie *Käse* als Persiflage auf den Nationalsozialismus.

1940 Die Familie zieht nach Hamburg-Alsterdorf. Die Gestapo nimmt Borchert fest. Die Vorwürfe lauten: Eine positive Darstellung von Homosexualität in Gedichten und ein Verhältnis mit einem Mann namens Rieke – wobei allgemein vermutet wird, dass dies eine Verwechslung mit dem von Borchert verehrten und besungenen Dichter Rilke ist. Seine Buchhandelslehre bricht er ab.

1941 Erfolgreicher Abschluss der Schauspielausbildung. Engagement an der Landesbühne Osthannover. Kleine Rollen in seiner »kurzen, wunderbaren Theaterzeit«. Er erhält die Einberufung zum Kriegsdienst, wird aus seinem »Lebenstraum gerissen«. Grundausbildung bei der Panzer-Nachrichten-Ersatz-Abteilung. Militärischer Drill bestärkt seinen Widerstandsgeist. Teilnahme am Angriff auf die Sowjetunion, Fronteinsatz.

1942 Schussverletzung an der Hand, Amputation des Mittelfingers, Verdacht der Selbstverstümmelung. Wegen Diphtherie wird er ins Lazarett verlegt. Verhaftung wegen angeblicher Selbstverstümmelung. Die Anklage fordert die Todesstrafe. Das Gericht spricht Borchert frei. Er bleibt dennoch weiter in Untersuchungshaft aufgrund seiner Kriegskritik. Die Anklage lautet diesmal: Verstoß gegen das Heimtückegesetz. Verschärfter Arrest mit anschließender »Frontbewährung«. Haftentlassung im Oktober, Rückkehr zur Truppe, wieder Fronteinsatz, schwere Erfrierungen an den Füßen, Behandlung im Feldlazarett. Fiebriger Infekt, Gelbsucht sowie Fleckfieber-Verdacht.

1943 Unterbringung im Seuchenlazarett Smolensk, aus dem »täglich ein halbes Dutzend Tote rausgetragen wurden«. Verlegung ins Reservelazarett im Harz. Heimaturlaub im zerbombten Hamburg. Zurück zur Einheit in Jena, Fieberanfälle und schließlich Frontdienstuntauglichkeit. Er kommt zur Durchgangskompanie Kassel und wird nach der Vorführung einer Goebbels-Parodie festgenommen.

1944 Untersuchungshaft in Berlin-Moabit. Schließlich Verurteilung aufgrund von Wehrkraftzersetzung. Es folgt ein »Strafaufschub zwecks Feindbewährung«, da er nur »bedingt kriegsverwendungsfähig« ist und nicht an der Front eingesetzt werden kann.

1945 US-Truppen besetzen im März Frankfurt. Borcherts Einheit ergibt sich. Auf dem Weg in die französische Gefangenschaft springt Borchert vom Lieferwagen. Nach 600 Kilometern Fußmarsch erreicht er schwer krank und völlig erschöpft am 10. Mai Hamburg. Trotz Gelbsucht und diversen Fußverletzungen betätigt er sich am Theater und im Kabarett. Ein Auftritt im September wird sein letzter sein. Er kommt ins Krankenhaus. Dort konzentriert er sich aufs Schreiben.

1946 Im Januar ist Borcherts Erzählung *Die Hundeblume* fertig. Anfang April wird Borchert aus dem Krankenhaus entlassen. Röntgenbestrahlungen wirken nicht, Penicillin ist kaum zu beschaffen. Seine Leberentzündung wird immer heftiger. Borchert sagt über sich selbst: »Da die vorhandenen deutschen Mittel die Krankheit nicht heilen können, wurde der Patient als nicht geheilt entlassen.« Er zieht wieder zu seinen Eltern, ist pflegebedürftig, bettlägerig und hat Fieberanfälle. Dennoch schreibt er weiter. Am 30. April und am 4. Mai wird *Die Hundeblume* in gekürzter Fassung in der *Hamburger Freien Presse* veröffentlicht. Heinrich Maria Ledig-Rowohlt stellt eine Veröffentlichung seiner Kurzgeschichten in Aussicht, wenn Borchert mehr vorlegen kann. Im Mai stellt Borchert einen »Antrag auf Ausstellung eines Ausweises für politisch, rassisch und religiös durch den Nazismus Verfolgte« und gibt als Beruf »Schauspieler« an. Im Dezember veröffentlicht die Hamburgische Bücherei die Gedichtsammlung *Laterne, Nacht und Sterne*.

1947 Im Januar schließt Borchert das Drama *Draußen vor der Tür* ab. Er stellt es Freunden vor und diese versuchen, das Stück ins Theater zu bringen. Der Nordwestdeutsche Rundfunk interessiert sich für eine Hörspielfassung. Der Text wird für den Rundfunk bearbeitet, am 2. Februar aufgenommen und am 13. Februar gesendet. Borchert selbst kann die Sendung wegen einer Stromsperre nicht hören. Das Hörspiel wird im großen Ausstrahlungsgebiet ein umwerfender Erfolg. Ida Ehre, Gründerin und Leiterin der Hamburger Kammerspiele, interessiert sich für eine Bühnenaufführung, im November soll die Uraufführung stattfinden. Borchert schließt einen Vertrag mit dem Rowohlt Verlag über sein Werk ab. Er schreibt zahlreiche Kurzgeschichten und den Roman *Persil bleibt Persil*. Doch sein Leben und Arbeiten leidet unter der Krankheit. Er hofft auf eine Kur in der Schweiz. Endlich ist er am 18. September stabil genug für eine Zugreise und wird ins Basler St. Claraspital eingeliefert. Er ahnt bereits: »Ich werde nicht mehr aufstehen. Ich kann nicht mehr.« Der Todkranke erhält noch einige Besuche, arbeitet weiter. Den Prosatext *Dann gibt es nur eins!* schreibt er wenige Tage vor seinem Tod. Er wird sein Vermächtnis. Wolfgang Borchert stirbt am 20. November.

Editorische Notiz

Diese Ausgabe orientiert sich an der Neuausgabe des Gesamtwerks von Wolfgang Borchert im Rowohlt Verlag, Hamburg, herausgegeben und sorgfältig editiert von Michael Töteberg, erschienen 2009.